ハヤカワ演劇文庫
〈48〉

古川 健

I

治天ノ君
追憶のアリラン

TAKESHI FURUKAWA

早川書房

8428

目次

古川健Ⅰ

治天ノ君

追憶のアリラン

治天ノ君

【登場人物】

大正天皇嘉仁（よしひと）……………第123代天皇。

貞明皇后節子（さだこ）……………公家の九条家出身。健康を評価され皇太子妃に選ばれる。

明治天皇睦仁（むつひと）……………明治大帝。嘉仁の厳しい父。

昭和天皇裕仁（ひろひと）……………嘉仁・節子の長男。

有栖川宮威仁（ありすがわのみやたけひと）…皇族にして海軍軍人。嘉仁の教育係。

原敬（たかし）……………………………政党政治家、後に首相。平民宰相。

牧野伸顕（のぶあき）……………………藩閥出身の政治家。

大隈重信……………………………………嘉仁のお気に入りの老政治家。

四竈孝輔（しかまこうすけ）……………侍従武官（海軍大佐、後に少将）。嘉仁の傍近くに仕える。

舞台中央に一脚の豪華な椅子が置かれている。一組の夫婦が登場する。夫は覚束ない足取りで妻に介助されながら、やっとのことで進む。夫は大正天皇嘉仁（よしひと）、妻は貞明皇后節子（さだこ）。人臣の頂点たる二人だが、ただ寄り添い、節子は夫を気遣いながらゆっくりと歩む。やがて二人は椅子に辿り着く。

節子　さあ陛下、お座りください。

嘉仁　……

節子　この椅子は未だ陛下の御席でございます。

嘉仁、椅子に座る。嘉仁、どこを見るともなく俯《うつむ》いているが、やがて何かを呟く。

節子　（顔を近付け）陛下？　何かおっしゃりましたか？

嘉仁　（節子を見る）

節子　陛下？

嘉仁　節子。ありがとう。
節子　嘉仁様……
四竈の声　四竈（しかま）です。よろしいでしょうか？
節子　お入りなさい。

侍従武官・四竈孝輔、登場。

四竈　皇太子殿下がご機嫌伺いにお出でです。お通ししてよろしいでしょうか？
節子　遠慮はいりません、お通ししてください。
四竈　畏《かしこ》まりました。

四竈、退場。入れ替わりに明治天皇睦仁（むつひと）、登場。睦仁は嘉仁にしか見えない。冷たい視線を嘉仁に注ぐ。

嘉仁　（睦仁に気が付く）……先帝陛下。
節子　どうかなさいましたか？

睦仁　嘉仁、皇太子たる者、容易《たやす》く感情を露わにするべからず。大王（おおきみ）は人ではない。神で在らねばならんのだ。

嘉仁　……父上、お許しください。

　　昭和天皇裕仁（ひろひと）、四竈、牧野伸顕（のぶあき）、登場。

裕仁　（一礼して）摂政裕仁、御前に参上つかまつりました。

節子　殿下、さあ陛下のお傍に。

牧野　皇后陛下に在らせられましては、御機嫌麗《うるわ》しい御様子。臣として喜びに堪《た》えません。

節子　牧野……（四竈を睨《にら》む）

四竈　（恐れ入り顔を伏せる）

節子　……四竈、牧野、下がりなさい。

牧野　……

節子　陛下の御容体をお考えなさい。内大臣とはいえ御見舞は許可いたしません。

裕仁　母上。何もそんな……

牧野 殿下、よろしいのです。皇后陛下、大変失礼をいたしました。
四竈 失礼いたします。

牧野、四竈、嘉仁に向かい深く一礼をして退場。

嘉仁 先帝陛下。至らぬこの身をお許しください。
裕仁 (嘉仁に近付く) 陛下?
嘉仁 私には、父上の在りようは難しゅうございました。
裕仁 (節子を見る)
節子 今日はお分かりにならないみたい。……陛下、先帝陛下ではありません。皇太子殿下がいらしてくださいましたよ。
裕仁 (嘉仁の手を取り) 陛下、裕仁にございます。
嘉仁 父上、それでも私は精一杯やってまいりました……
裕仁 ……父上。

節子、舞台前面へ。椅子には嘉仁、その傍で嘉仁の手を取る裕仁。睦仁は傲然と椅子の傍に立ち嘉仁を見つめる。

節子　大正十五年十二月二十五日、夫嘉仁は四十七年の生涯を終えた。大正という短い時代の幕が完全に降りたのだ。

嘉仁、立ち上がる。時をさかのぼり、若々しい肉体を取り戻す。睦仁、裕仁、退場。

嘉仁　あなたが九条の節子姫ですか？

節子　明治三十二年、夫嘉仁の死の二十七年前。私は皇太子妃に選ばれた。

嘉仁　節子姫、私が皇太子嘉仁です。

節子　殿下に在らせられましては、御健勝な御様子。謹んでお慶び申し上げます。

嘉仁　堅苦しいのはやめましょう。他でもない、私と姫は夫婦になるのですから。

節子　殿下……

嘉仁　とは言え、私は仲の良い夫婦の姿というものを良くは知りません。姫は仲の良い夫婦というものを御存知ですか？

節子　……いいえ。恥ずかしながら私は父、九条道孝の側室の子でございます。
嘉仁　恥ずかしがることはありません、私も陛下の側室の子です。
節子　殿下と御一緒など、畏れ多いことでございます。
嘉仁　姫、だからそんなに畏まらないでください。
節子　……はい。

間

節子　あの。
嘉仁　なんですか？
節子　私は幼い頃、健康の為、大きな農家に里子に出されておりました。
嘉仁　そうですか。
節子　今思い出しますと、その家のじいやとばあやが、大変、仲の良い夫婦であったように思います。
嘉仁　それはどんな風だったのですか？
節子　（少し考えて）二人は笑う時も怒る時も泣く時も、いつも一緒でした。

嘉仁　なるほど、それは確かに仲の良い夫婦であると思えますね。
節子　はい。
嘉仁　笑う時も怒る時も泣く時も一緒ですか……。では取り敢えずそれを目指すことにしましょうか。
節子　殿下……
嘉仁　わたくしの席では嘉仁と呼んでください。
節子　……嘉仁様。
嘉仁　はい。なんでしょう姫？
節子　では私のことは節子とお呼び捨てください。
嘉仁　わかりました、節子。
節子　ありがとうございます。
睦仁の声　嘉仁。そこに控えろ。
　睦仁、入ってくる。嘉仁、恐れ入り、睦仁に対し深く頭を下げる。重い沈黙。
睦仁　（大きなため息を吐き、侮蔑の視線を嘉仁に向ける）

嘉仁　……

睦仁　皇太子殿下。

嘉仁　……はい。

睦仁　殿下はいつになったら帝《みかど》に相応《ふさわ》しい振る舞いというものを理解するのだ？

嘉仁　……申し訳ありません、陛下。

睦仁　東宮職は不才不能の集まり、全員を更迭せしめよ。殿下はそう申したそうだな。

嘉仁　はい。彼の者どもはあまりにも杓子定規で……

睦仁　この愚か者が！

嘉仁　……

睦仁　東宮職とは即ち皇太子たる殿下の傍近くに仕える者ども。その側近すら統率できぬ者が、帝になれると思うのか？　殿下は帝となる宿命を負って生まれてきた。やがては皆の思い描く帝となるのだ。

嘉仁　お言葉ですが父上、私には私の意思がございます。

睦仁、黙って嘉仁を睨みつける。嘉仁、しばらく抵抗するが、やがて抵抗し切れず顔を伏せる。そのまま沈黙が続く。

睦仁　二つ申し聞かせておく。一つ、帝に私的な意思は不要である。ましてそれを周囲に見せることはもっての外。必ず臣民の前では空《くう》であれ。

嘉仁　父上……

睦仁　もう一つ。今後はいかなる席でも、わしを父と呼ぶことは許さん。

嘉仁　……

睦仁　帝とはこの日の本を統べる為に存在する。

嘉仁　はい。

睦仁　頂きに立つ者は、その姿を下々に晒《さら》すだけで良い。その感情など見せる必要は無いのだ。

間

睦仁　わしにはお前しか皇子がおらん。後の四人は育たなかった。

嘉仁、顔を上げ睦仁を見る。無念と寂しさがその顔に浮かんでいる。

睦仁　わしに甘えるな、嘉仁。帝の血統に情などない。こうやって我々は万世一系の血脈を守ってきたのだ。

嘉仁　……

睦仁　嘉仁、情を捨てろ。帝になれ。

有栖川宮威仁（たけひと）、登場。

威仁　陛下、御呼びでございましょうか。

睦仁　嘉仁。

嘉仁　はい。

睦仁　先の宮廷会議で威仁王を東宮輔導に任じ、お前の教育に一役買ってもらう事になった。

嘉仁　！（威仁を見る）

睦仁　威仁王。

威仁　は！

睦仁　皇太子を頼むぞ。
威仁　お任せくださりませ。
　嘉仁、威仁、一礼。睦仁、退場。二人は舞台上を移動し、会話を始める。
威仁　（様子を改め）殿下、久しぶりですな。
嘉仁　（握手を求める）お会いしとうございました。
威仁　（握手に応じて）光栄ですな、皇太子殿下。
嘉仁　海軍はやめたのですか？
威仁　いえ、軍籍はそのまま、現役の帝国海軍軍人ですよ。
嘉仁　ではまた軍艦に乗ることも？
威仁　扱いの難しい宮様軍人、しかも体が弱い。海軍としては、宮廷におさまってくれていれば、良い厄介払いになるといったところでしょう。
嘉仁　厄介払いとは……
威仁　英国のグリニッジ海軍大学校に留学しながら、実戦経験もなく陸《おか》に上がるというのは幾分無念ではありますがね。

嘉仁　しかし私は、威仁親王がお傍にいてくださることを心強く思います。

威仁　そうですね、きっとそれが私の定めなのでしょう。

嘉仁　定め？

威仁　殿下も国史を学んでおられるならお分かりでしょう？　我々皇族は数千年の昔から、特別な定めを持った一族です。

嘉仁　あなたも陛下と同じようなことを仰《おっしゃ》るのですね。

威仁　勿論、陛下は帝国の元首。陛下の大御心（おおみこころ）に逆らうわけには参りませんよ。

嘉仁　私も叶うことなら、陛下の御期待通りの皇太子でありたい。そう思い努めてきたつもりです。

威仁　勿論そうでしょうとも。

嘉仁　しかし私にはできないのです。東宮職の詰め込み教育に耐えることも。父上の言う通り自分の心を人に見せずに生きることも。

嘉仁　（寂しそうに）また陛下のことを父上と言ってしまいました。きっとお叱りを受けることでしょう。

威仁　父親を父と呼んでおかしいことはありませんよ。……私の生涯の定めは、まだ年若い殿下を立派な皇太子としてお育てすることのようです。それは天皇陛下も望んでおられること。

嘉仁　……

威仁　殿下、今殿下に一番必要なものは何でしょう？

嘉仁　必要なもの？

威仁　殿下に今一番必要なものは、健康です。

嘉仁　勿論、私だって健康でいられるならそれにこしたことはない。しかし、私の体は生来の病弱です。

威仁　そのことは勿論存じ上げております。時に殿下、旅はお好きですか？

嘉仁　旅？

威仁　陛下は若かりし頃、御威光を示すために北海道から九州まで日本中を巡幸なされました。

嘉仁　それは勿論知っています。

威仁　しかし、それも十年以上前の話。陛下も今は腰が重くなられ、ご持病のことを考えれば無理もできますまい。
嘉仁　はい。
威仁　であれば、殿下が全国を巡啓なさればよろしいのです。
嘉仁　……私が日本中を旅するのですか？
威仁　その通りです。

嘉仁、しばし考え込む。やがて顔を輝かせて、威仁に笑いかける。

嘉仁　威仁親王、私は日本中を見て周りたいです！
威仁　そう仰ると思っていましたよ。実際にその体で感じれば、その土地の地理や歴史や風俗も頭に入りやすいでしょう。それに臣民たちも皇太子殿下をお迎えすることで次代の天皇たる殿下に親しみを感じるに違いありません。
嘉仁　はい！
威仁　巡啓で楽しく全国を周れば、きっと殿下の御体も自然と鍛えられることでしょう。殿下の教育、健康、それに臣民の慶び、これぞ一石三鳥の名案であると自負しております。

嘉仁　威仁親王。

威仁　なんです？

嘉仁　私は外国にも行ってみたいのです。

威仁　え？

嘉仁　できれば親王のように欧州に行ってみたいのです。それは叶わぬ夢でしょうか？

威仁、面食らって考え込む。

威仁　殿下、流石《さすが》に欧州は遠うございます。その計画はいずれということで、今はまず国内巡啓を重ねるのがよろしいかと。

嘉仁　親王は英国に留学し、そのほか欧州も見て周ったそうではありませんか。

威仁　殿下と私では立場が違います。お考えください、いきなり外遊すると言ってあの陛下がお許しになると思いますか？

間

嘉仁　親王の仰る通りです。今は我慢いたしましょう。
威仁　それが賢明です。私は表だって陛下を刺激せず、徐々に殿下の環境を変えていくつもりです。取り敢えず、お気に召さない東宮職の面々とは大いにやりあってみせますよ。

　　嘉仁、威仁を黙って見る。威仁、優しく微笑んで見せる。

嘉仁　あなたを信じます。どうぞ私を導いてください。
威仁　（畏まって）一命に代えましても。

　　節子登場。

節子　有栖川宮威仁親王が東宮輔導として、夫嘉仁の傍に参られたのは明治三十二年。私達の結婚の前年の事だ。夫は威仁親王を兄とも父とも慕い、また欠くことのできない朋友として親しんだ。

嘉仁、威仁、連れ立って退場。

節子　それは希薄な親子関係の中で成人した夫が知った、初めての温もりだったのかもしれない。

　　　四竈、登場。

四竈　陛下、よろしいでしょうか？
節子　……四竈。お久し振りですね。
四竈　皇太后陛下もお変わりなく、安堵いたしました。
節子　ありがとう。今日は？
四竈　いいえ、侍従を辞め、海軍も予備役に入り、暇を持て余す身。本日は先帝陛下の霊と、皇太后陛下の御機嫌伺いに参上仕りました。
節子　陛下もきっとお喜び下さいますよ。

四竈、空の椅子にあたかも嘉仁がいるかのように深々と頭を下げる。

四竈　先帝陛下、四竈にございます。長の無沙汰、お許しください。

節子、椅子を懐かしげに見つめる。沈黙。

節子　先帝陛下が身罷《みまか》られてからもう半年。

四竈　さようでございますな。

節子　あっという間だったような、長かったような……

四竈　心中お察しいたします。

間

節子　四竈、一つ聞きたいことがあるのです。

四竈　何でございましょう？

節子　臣民たちは未だ陛下の死を悼《いた》んでくれているでしょうか？

四竈　陛下……

節子　我が夫は、未だ人々の心の中に生きているでしょうか？

間

節子　ごめんなさい。愚かな寡婦の繰り言に過ぎません。忘れて下さい。

四竈　……皇太后陛下。

節子　死んだ者が忘れ去られるのは当然のことです。たとえ天皇陛下といえどもこの定めからは逃れられない。でも陛下の御気性から考えると、自分の死で人々が悲しみ続けるのは嫌がるかもしれないわね。

節子、椅子に近付き愛おしさをこめて触る。

四竈　（節子の背中に）……陛下なら、そうかもしれませんね。

節子　でも嘉仁様、私は忘れてあげませんよ。

嘉仁の声　節子ー！　どこだ、節子ー！

四竃、退場。大きな声で節子を呼びながら嘉仁が登場。嘉仁、ネクタイと上着を着けずに手に持っている。以降の会話は、節子が着替えを手伝いながら交わされる。

嘉仁 節子! ああ、ここにいたのか。
節子 なんですか殿下、そんな大声を出して。
嘉仁 いや、君の姿が見えなかったから。
節子 だからってあんな大きなお声で呼ばないで下さいませ。女官たちが見ているではありませんか。
嘉仁 何か不都合があるかい?
節子 ……恥ずかしゅうございます。
嘉仁 節子は女官達が私の身の回りの世話をするのが嫌なのだろう?
節子 ……そんなことはございません。
嘉仁 それは嘘だ。私が女官に何か申し付けると怖い顔をして「殿下、私がやります」ところなるじゃないか。

節子　私は殿下のお妃でございます。夫のお世話をして差し上げるのは妻の務めです。
嘉仁　そんなことはないよ、君がなんでもやってしまうから女官達はいつも手持無沙汰だ。
節子　（澄まして）それなら女官達には暇を取らせましょう。
嘉仁　（笑う）陛下が今の言葉を聞いたらなんと仰るか。
節子　有栖川宮様も、何でも女官にやらせるのは良くない風習だと仰っていました。
嘉仁　うん、英国王室の方々は自分で何でもやるそうだね。
節子　ですから私は女官達の代わりに、殿下のお世話をするのです。
嘉仁　それならもし傍に節子がいない時は、また大きな声で呼ばなければいけないね。
節子　え？
嘉仁　そうじゃないか？　女官達には何も頼めないのだから。
節子　殿下、それとこれとは話が違います。
嘉仁　（笑う）冗談だよ。

威仁、登場。

威仁　相変わらず、御仲のよろしいことで。
嘉仁　威仁親王！
節子　有栖川宮様、御機嫌よう。
嘉仁　いよいよ、参内ですか？
威仁　ええ、明日陛下にお話に参ります。
嘉仁　そうですか！
節子　何のお話ですの？
嘉仁　前に君にも話したろう？　西国巡啓の話さ。
節子　まあ。
威仁　五月に御成婚されて新婚旅行。六月から九月までは日光で御避暑。良い頃合いと存じます。
嘉仁　はい。
威仁　（からかうように）妃殿下を置いていくのはお寂しいこととは思いますが……
節子　（照れる）有栖川宮様、おやめください。
嘉仁　……確かに節子がいないというのは心許ない。

節子、威仁、意外な嘉仁の正直さに固まる。やがて威仁は笑い出す。

嘉仁　親王？

威仁　この分なら夫婦仲は問題なしですな。

嘉仁、退場。睦仁、登場。重々しく椅子に座る。威仁、睦仁に向かい畏まる。

節子　この頃のことは忘れようにも忘れられない。私は慣れない皇族としての生活にいつも緊張していたし、正直を言えば、傷付いてもいた。夫の明るさはそんな私の唯一の救いだった。

節子、退場。

睦仁　北九州、四国への西国巡啓か。

威仁　巡啓は必ずや殿下に良い影響を与えるものと愚考いたします。

睦仁　(ため息をついて) 巡啓は別に問題ではない。皇太子のことは東宮輔導に一任しておる。王の好きにするがよかろう。
威仁　今回の巡啓は公式なものではなく、謂《い》わば殿下の学習の為の見学旅行。陛下の継嗣として一皮剝《む》けて御帰京あそばすでしょう。

睦仁、しばし考えてから口を開く。

睦仁　威仁王。
威仁　はっ。
睦仁　(様子を改め) 王は皇太子をどう見る?
威仁　どう……とは?
睦仁　あの愚物に現人神《あらひとがみ》たる帝が務まろうか?
威仁　確かに、御気性、御体質は陛下の期待する帝に相応しいものではないのかもしれません。

睦仁　そのことよ。あれは全てを表に出し過ぎる。決定的に帝には不向きだ。
威仁　しかし殿下は決して愚物ではございません。好奇心は旺盛ですし、御自分なりに物事を考えておいでです。周りを気遣う心優しさも持ち合わせておいでです。
睦仁　威仁王、それらは帝の資質には無関係だ。帝とはこの国を覆う大きな器。中身はいらんのだ。
威仁　天皇陛下、時代は移ろいゆくものです。陛下が理想とするものとはまた違う、皇太子殿下の天皇像というものがあってもよろしいのではないでしょうか？
睦仁　……
威仁　嘉仁殿下の資質はむしろ、西洋流の王室の在り方に向いております。
睦仁　西洋流だと？
威仁　そうです。あちらでは王室は神秘の存在ではなく、国民と積極的に親しみ、畏れられるのではなく、好かれようと努力をします。

間

睦仁　維新の大業から三十数年、我らはこの日の本を西洋列強から守る為に、その西洋の技術をそのまま取り入れてきた。

威仁　その通りでございます。

睦仁　だがこの魂は譲れん！　帝とは日の本の魂そのものだ。帝の在り方と余所《よそ》の国の王室とを比較などする必要はない！

威仁　……恐れながら重ねて申し上げます。

睦仁　……

威仁　今後、大日本帝国が列強と肩を並べ対等に付き合っていく為には、我々皇族も覚悟を持って、我々自身の在り方を変えていかねばならぬものと考えます。

睦仁　……

威仁　無論の事、陛下は今のままの陛下でよろしいのです。臣民は陛下の御威光を畏れ、伏して陛下を仰ぎ見ます。しかし次の時代、嘉仁様の御世では臣民は親しみの視線をもって殿下を見るのです。そういう時代が来ても良いではないですか？

　　間

睦仁　（諦める様に息を吐く）もう良い。王の言いたいところは分かった。

威仁　……
睦仁　五十にもなって今更在り方を改めるなどできることか。
威仁　はい。
睦仁　……どうせあと十年もすればわしは死ぬ。
威仁　何を縁起でもないことを……
睦仁　まあ聞け。
威仁　はい。
睦仁　わしより先に、あれに死なれたら困ることになると思っておった。しかし、最近のあれの様子を見れば、その心配だけはなさそうだ。それだけでも王の功績は大きいのだ。
威仁　恐れ入りまする。
睦仁　帝の在り方は、未来永劫変えるべきではない。帝に必要なのは畏れであり神秘、決して親しみではない。
威仁　……
睦仁　だが好きにするが良い。皇太子のことはまだ若い威仁王に任せるのが相応しかろう。

威仁 ……おそらく私もそう長くは生きられますまい。
睦仁 何を気弱な。
威仁 残念ながら自分の体です。
睦仁 ……そうか。
威仁 これも定めでございましょう、致し方ございません。あと数年は、皇太子殿下の御成長に大いに役立って見せます。その後の事は、また別の者の仕事かと。よろしく御配慮ください。
睦仁 王の望むとおりにしよう。
威仁 陛下。
睦仁 なんだ？
威仁 私は皇太子殿下が必ずや、御自分の力で立派な天皇としてこの国の頂点に立たれることを確信しております。
睦仁 王は楽天家だな。……もう良い。威仁王、今日は大儀であった。
威仁 は。

威仁、退場。睦仁、疲れた様子で椅子に深く座り込む。

睦仁　嘉仁よ、誰がどう申そうとも、帝とは畏怖される存在でなければならんのだ。

節子、登場。睦仁、退場。

節子　有栖川宮様の目論み通り、地方巡啓は夫に良い影響を与えた。健康は回復し、学習の効率も上がった。西国巡啓、その翌々年の信越北関東巡啓。有栖川宮様が共にあった二回の巡啓は、夫にとって生涯の良き思い出になった。

裕仁、登場。椅子に向かっていく。それを追って牧野が登場する。節子、退場。

牧野　陛下。
裕仁　……
牧野　御決断くだされましたか？
裕仁　……

牧野 今年は明治六十周年のめでたき年。この良き年を寿《ことほ》ぐことは決して悪しきことではございません。

裕仁 先帝陛下の大葬が二月に終わったばかりだ。本来喪に服するべきこの時期に、私自らが明治六十周年を祝うのか？

牧野 陛下、今こそ好機なのです。

間

牧野 臣民は今、陛下がどのような立派な天皇となられるのか、熱い期待を寄せております。それもここ数年、摂政となられた陛下が先帝の代わりとなり、政務を立派に執り行ってきたからにございます。

裕仁 摂政とは聖徳太子の昔からそういうものだ。それに、そうするよう仕向けたのは誰だ？ 牧野、お前ではないか。

間

牧野　覚えておいでですか陛下？　明治天皇は崩御される最後の瞬間まで、皇室の未来を憂いておられました。

裕仁　勿論だ。私は御祖父様のお姿こそ理想の天皇像だと思っている。

牧野　であればこそ、今、先帝を偲《しの》ぶのではなく、明治六十周年を祝うのです。臣民は陛下のお姿に明治天皇を見ます。それも若い肉体と明治の魂を具えた、昭和という新しい時代に君臨する帝王です。それこそ陛下の望む新しい治世ではございませんか？

間

裕仁　牧野、私は明治大帝の御遺志を継ぐ。大きな器となってこの国を覆ってみせよう。

牧野　この牧野伸顕、非力ながら必ずや陛下をお助けいたします。

裕仁　うむ。

牧野　では早速準備もございます。失礼いたします。

牧野、いそいそと退場しようとする。嘉仁、登場。優しい笑顔で裕仁を見つめる。裕仁、嘉仁に気が付き、牧野を呼び止める。

裕仁 牧野。

牧野 (振り返って畏まる) はい。

裕仁 (嘉仁を見たまま) 天皇とは一体なんだ?

牧野 私のような卑小な者の分をはるかに超えた御質問でございます。では。

牧野、退場。裕仁、嘉仁の笑顔をじっと見つめるが、やがて顔を歪《ゆが》め俯く。

裕仁 父上、私は既にあなたを乗り越えております。

裕仁、退場。節子、登場。

節子 嘉仁様、お帰りなさいませ。

嘉仁 (笑顔) ああ、戻ったよ。

節子 何か良いことがあったのですか?

嘉仁　今日はお忍びで川村伯爵邸に寄ってきた。
節子　まあ！　では裕仁と？
嘉仁　ああ、会えたよ。
節子　あの子、どうしてました？
嘉仁　良く眠っていた。抱き上げたがまるで気にせず眠っていたよ。
節子　殿下、寝る子にちょっかいを出してはいけません。
嘉仁　中々会ってやれる機会もないのだ。寝ている赤子を抱くくらいの事は堪忍しても
らいたいものだな。
節子　またそんな言い訳を。
嘉仁　（ふと真顔で考え込む）……
節子　嘉仁様？
嘉仁　何故、私達は自分の子供と一緒に暮らせないのだろう？
節子　それは……
嘉仁　威仁親王に聞けば、英国の王室では自分の子は宮殿で養育するそうだ。
節子　ですが、嘉仁様も、公家の私さえもそのようには育っておりません。そういう仕
来りなのですから致し方ないのではありませんか？

嘉仁　私はね、節子。皇族はもっと西洋流に、開かれて温かい印象にしなければならないと思っているのだ。

節子　西洋流にですか？

嘉仁　そうだ。好もうと好まざろうと、日本はもっと世界と繋がらなければならない。そうしなければこの国は守れない。であるなら、我々が範となり積極的に西洋の文化を取り入れるんだ。

節子　はあ……

嘉仁　だから私は決して側室は持たない。

節子　……

嘉仁　幸いにして早い時期に裕仁を授かった。後継ぎがいれば側室を持つ理由がない。よくぞ裕仁を産んでくれた。

節子　お言葉、嬉しく思います。

嘉仁　赤子というのは可愛いものだ。

節子　……はい。

嘉仁　一も二もなく、本当は私がただ裕仁を傍に置きたいのだ。

節子　はい。

嘉仁 ……節子。

節子 ？

嘉仁 陛下は私が生まれた時、どう思ったのだろう？ 今の私と同じように考えてくださったのだろうか？

嘉仁、退場。睦仁、威仁、登場。睦仁、椅子に座り、威仁が控える。

節子 私は客観的に見て、運と健康に恵まれた妃だったと思う。男ばかり四人の皇子に恵まれ、しかも四人とも健康に成長した。初めて一夫一妻制度を採った天皇の伴侶であったという幸福は、私だけの宝物なのだ。

睦仁の声 威仁親王、やはり辞任の意志は固いか？

節子 明治三十六年、有栖川宮様は体調の悪化を理由に東宮輔導を辞任された。夫は師でもあり、友でもあり、兄でもあった有栖川宮様を失うこととなった。

節子、退場。

睦仁　しかし惜しいな、あたら才物を宮廷から失うとは。
威仁　何の、私如きが消えても陛下の宮廷は決して揺らぎませぬよ。

間

睦仁　威仁王。
威仁　はい。
睦仁　帝として新しき国を治め、はや三十六年、実に厳しい年月であったよ。……王にだけ言うが、今はただ、我が皇室の行く末が気がかりだ。
威仁　……
睦仁　帝あっての日本、日本あっての帝。この国の行く末と皇室は切っても切り離せるものではない。
威仁　御意にございます。
睦仁　我が子や孫が、帝として凛々しく民の上に在り続けられるか。それだけがわしの気がかりだ。（笑う）
威仁　何をお笑いになられます？

睦仁　（なおも笑いながら）わしも老いたものだ。日の本だ帝だと言いながら、結局は子孫の心配とはな……

間

威仁　陛下、陛下は新しい日本の創業の帝王としての定めを背負われた。

睦仁　……

威仁　この後の定めは、皇太子殿下や皇孫裕仁殿下が背負うべきもの、陛下はどうか御心安くお過ごしください。

睦仁　……王にはあの愚物が苦労を掛けたな。

威仁　陛下、そう仰いますな。

睦仁　だがな、あれは王の保護の下、より気侭《きまま》な気性に磨きをかけてはいないか？

威仁　……

睦仁　子まで儲けてあの軽躁。巡啓先では気侭に平民に話しかけ、散歩に出かけ、大騒ぎだったそうではないか？

威仁　その代わり、殿下は御健康を回復し、学習の効率も上がっております。

睦仁　わしは帝王の威光を問題としているのだ。民のひれ伏さん帝など、何の役割も果たせまい。
威仁　今はあれで良いのです。威厳などというものは、年を取って、立派な服を着れば自然と付いてまいります。
睦仁　……申すのう。

睦仁、威仁に怒りを露わにする。

威仁　（意に介さず）陛下、今少し御自分の皇子を御信用なさいませ。殿下は愚物ではございません。
睦仁　帝の血脈に情など不要。息子だから慈しむなど有り得んことだ。
威仁　……陛下。
睦仁　もう良い威仁王。下がって養生に努めよ。
威仁　はい。
睦仁　せめてわしより長生きせよ。良いな？
威仁　ありがとうございます。

睦仁、退場。威仁、恭しく一礼してそれを見送る。節子、登場。

節子　夫の人となりに大きな影響を与えた二人、明治帝と威仁親王。この時期相次いで健康を害し、夫と関わることが薄くなった。反対に夫の健康はこの時期が頂点だった。

嘉仁、登場。

嘉仁　威仁親王！
威仁　殿下、お世話になりました。お元気で。
嘉仁　……
節子　有栖川宮様。
威仁　妃殿下、お元気で。皇太子殿下のこと、くれぐれもよろしくお願いします。
節子　お言葉、肝に銘じます。
嘉仁　（突如）親王！　私は嫌です！　どうか東宮輔導のままでいてください。

節子　嘉仁様……

　　　間

威仁　妃殿下、少しだけ殿下と二人きりにしていただけませんか？

節子　……はい。

　　　節子、退場。

嘉仁　親王、私はあなたが傍にいなければどうしたら良いか分かりません。

　　　威仁、黙って嘉仁を見る。やがて、苦笑いを浮かべる。

威仁　何ですか、殿下。そんな子供みたいな顔をして。私が東宮輔導として重視したのは、第一に御健康。第二に御学問。そして殿下の生来の明るさを引き出すことでした。これに関してはある一定の成功を収めました。しかし今のままでは天皇として

嘉仁　君臨するにはいささか目方が軽うございます。

威仁　（ショックを受ける）親王……

嘉仁　最後の諫言《かんげん》です。御無礼はお許しください。

威仁　どうぞ何でも仰って下さい。私は皇太子です。たとえ結果が伴わなくとも、努力を怠るわけにはまいりません。

嘉仁　それが殿下の良いところです。殿下の御気性は私が良く存じ上げております。努力なさいませ。

威仁　はい。

嘉仁　徳のある天皇とは、威厳と親しみやすさ両方を兼ね備えた天皇と御心得ください。今少し規律と我慢を御学習ください。

威仁　必ず学びます。ですから、親王がそれを教えて下さい！

嘉仁　それはできません。

威仁　何故ですか？

嘉仁　これ以上、私を頼られても困るのです。

威仁　……親王。

嘉仁　帝とは孤独なものです。どうか、これより先は御一人にてお進みください。天皇陛下のように。

嘉仁　……

威仁　お忘れくださるな、殿下は帝となる定めを背負って生まれてきたのです。その定めをしかと次代に繋いでください。そうでなければ、この威仁の、殿下をお育てするという定めも虚しいものとなってしまう。

　　間

嘉仁　あなたが私に良くしてくださったのは、結局のところ、皇族としての定めに従っただけということなのでしょうか？

威仁　他に何か理由が必要でしょうか？

嘉仁　……いえ。

威仁　殿下の成長が私の生きた証です。殿下、お願い申し上げる、この威仁の生を無駄なものとしてくださるな。

　　嘉仁、悲しげに俯く。沈黙。

嘉仁　……良くわかりました、威仁親王。この嘉仁、御厚意は生涯忘れませぬ。

威仁　立派な帝におなりください。御健康にはくれぐれもご注意ください。今は良くとも、油断は禁物です。

嘉仁　はい。親王もどうかお元気で……

　嘉仁、しょんぼりと退場。威仁、それを見送った後、深々と頭を下げる。

威仁　お許しくだされよ、殿下。

　威仁、空の椅子に語りかける。

威仁　陛下、お互い損な役回りでしたな。

　威仁、退場。節子、四竈、登場。

四竈　振り返りますと、明治も遠くなりましたな。

節子　あの頃の陛下は、明治帝の重厚な宮廷に、西洋風の印象を加えようとしていらっしゃいました。テニスやゴルフや馬術に勤《いそ》しんだのも、全てはその為です。

四竈　赤坂の東宮御所、上野の表慶館、そして東京駅の駅舎。あの頃にできた建物は立派な西洋建築ですな。

節子　ええ、全ては新しい時代の天皇たる陛下を象徴する建物だったのです。……もう誰も覚えてはいないかもしれませんけどね。

四竈　……

節子　家族揃って食事ができたのもあの時期でしたね。食事の後、しばしば私がピアノを弾いて、陛下と子供たちで唱歌を歌ったものです。

　　嘉仁、登場。椅子を目指し傍まで行くが座らない。

節子　後の人がどう言おうと、私は陛下を知っております。陛下は立派なお方でしたよ。

四竈　御意にございます。

原敬（たかし）、大隈重信、牧野、登場。嘉仁に礼をする。嘉仁周辺が明るくなり、節子、退場。

大隈　皇太子殿下。

嘉仁　（振り返り）大隈伯爵。

大隈　殿下、お久しぶりですな。陛下のお具合はいかがなものでしょう？　あまり芳《かんば》しくないと密かに伺ってまかり越しましたが。

嘉仁　糖尿は数年来の持病、昨日今日の話ではない。

大隈　さようでございますか。

嘉仁　伯爵、彼等は？

大隈　内務大臣原敬君に、文部大臣牧野伸顕君。

原　西園寺内閣にて内務大臣を拝命しております、原です。

大隈　政友会の俊英です。

牧野　文部大臣牧野伸顕です。

大隈　彼は薩摩の大久保公の御次男です。

嘉仁　やはり政友会の？

牧野 いえ、私は政党とは無関係です。
大隈 言うなれば、藩閥内の進歩派といったところですかな。
嘉仁 なるほど。
大隈 原、牧野両君、今後宮廷向きのお役目も増えることと存じます。
嘉仁 そうであるか。
大隈 殿下の御世ともなれば必ずお役に立ちましょう。
原 皇太子殿下、私は薩長藩閥には属さず、むしろ賊藩盛岡の出身。政党の代表として藩閥とは厳しく対立する立場でございます。
嘉仁 ふむ。
原 しかし、皇室を敬うことに関しては人後に劣るものではありません。
嘉仁 そうか、……大隈。それに原、牧野。
大隈 なんでございますかな?
嘉仁 丁度良い機会だ。今、私が考えていることを、帝国の重臣たる三人に聞いて欲しい。

三人、意外な申し出に一瞬顔を見合わせる。

大隈　既に隠居した爺にもお聞かせくださるのか？
原　何を仰いますか、大隈さん。まだまだ復帰の意志はお有りでしょう？
大隈　いやいや、もう面倒はまっぴらだよ。
牧野　山縣公の鼻を明かす準備をしていらっしゃると聞きましたが？
大隈　（笑う）今更あの爺とやり合う気は起こらんわ。
原　あの御方とはいたずらに事を構えないのが肝要かと。
大隈　その通りだ。あれと比べれば伊藤はまだ話ができる。
牧野　（苦笑い）山縣公と比べれば、誰もが話のできるお方ですよ。
大隈　まあ君の親父の前では、あの爺も小さくなっていたがね。
牧野　大隈さん、何十年前の話をしてるんですか？

嘉仁、興味深げに話を聞いている。

大隈　おっと、殿下のお話の腰を折ってしまいましたな。御無礼。
嘉仁　大隈たちはいつもそのように元老たちのことを話しているのか？

牧野　殿下、殿下が御耳を傾ける価値のある話とは到底思えませぬ。
嘉仁　もっと聞きたい、話してくれ。
牧野　殿下、それよりも殿下のお話をお聞きしとうございます。
嘉仁　……話してはくれぬのか。
大隈　（大笑い）
嘉仁　大隈、どうした？
大隈　こんな爺の戯れで良ければ、いつでも馳走いたしましょう。
牧野　（苦い顔）
嘉仁　きっとだぞ！　私はざっくばらんに話が聞きたいのだ。
大隈　ええ、私もざっくばらんに話すのが好みです。まあ、あまりにざっくばらんに話し過ぎて陛下には嫌われてしまいましたがね。
嘉仁　そうであったか。
牧野　大隈さん。あまり、感心いたしませんな。殿下へのあまりに軽々しい振る舞い。
大隈　牧野君、老い先短い爺相手に目くじらを立てなくても良いだろう？
嘉仁　牧野、私を尊ぶその気持ち嬉しく思う。
牧野　は。当然のことにございます。

嘉仁 しかし私なら構わない。私は皆から沢山の話を聞きたいのだ。

牧野 ……殿下。

大隈 それで、殿下の御話とはなんでございましょう？

嘉仁、真面目な顔に戻り、考える。沈黙。

大隈 どうかなされましたか？

嘉仁 私が今考えているのは、これからの皇室、いや、これからの天皇の在りようについてなのだ。

節子、登場。嘉仁、大隈、原、退場。牧野は残り、椅子の方を向いている。

節子 夫の大きな特徴は、何ものにも囚われない自由な心だと私は思う。それ故、夫は時に奔放に見えたし、軽躁と眉を顰《ひそ》められることもあったようだ。でも傍近くにあった私には分かる。自由な心を持っていたからこそ、夫は天皇であるという途方もない重圧を耐えることができたのだ。

裕仁、登場。憂鬱な顔で椅子に座る。節子、退場。

裕仁　牧野。

牧野　は。

裕仁　父はそこまで無能な天皇だったのだろうか？　今更、遠慮はいらん。正直に申せ。

牧野　明治という時代は良き時代ではありましたが、同時に疲れる時代でもありました。日本中が一つになって本来有り得ぬ速度で殖産興業・富国強兵に努めました。日清・日露両戦役では支那、ロシアというはるかな大国にも勝てるまでに成長いたしました。

裕仁　何が言いたいのだ？

牧野　つまり明治の終わり頃、この大日本帝国は疲れていたのです。先帝陛下はそんな時期に御即位なされました。

裕仁　それで？

牧野　大正の訪れは、この国の舵を切るのにうってつけの時期だったのです。先帝陛下と一部の政治家はその機をつかみ、大きな諍《いさか》いを避け、静かにこの国の流れを変えた。

裕仁　……

牧野　あまりに静かすぎて、誰も先帝陛下の業績とは記憶しておりません。しかし私は先帝陛下の傍近くにおりました。

裕仁　……そうか。

牧野　ですから私は、御身体を病む以前の先帝陛下は名君であったと断言いたします。

裕仁　牧野……ならば何故だ？　何故お前は……（言葉を濁す）

間

牧野　（裕仁をしっかりと見る）先帝によって民はしばしの平和を楽しみました。もう十分でしょう、今一度舵を切るべき時が参りました。

裕仁　（牧野の視線に応え、強く見返す）

牧野　恐れながら、天皇陛下御自ら舵をお取りくださいませ。今一度、この皇室に明治の栄光を！

睦仁、登場。牧野、退場。裕仁、椅子を譲り舞台隅まで退く。睦仁、今までになく弱々しく椅子に座る。嘉仁、節子、登場。嘉仁、睦仁に対して畏まる。

節子　明治四十五年七月、近代日本の偉大なる象徴、明治という時代の全てを背負った明治帝の肉体はようやくその定めから解放されようとしていた。

嘉仁　陛下、嘉仁にございます。

睦仁、物憂げに嘉仁を見る。

睦仁　嘉仁、わしは死ぬぞ。

嘉仁　何をお気弱なことを。これしきの病、何でもございません。

睦仁　妃殿下。

節子　はい、陛下なんでございましょう?

睦仁　裕仁はいるか?

節子　はい、お傍にお呼びいたしますか?

睦仁　よい。死にかけて弱った姿を覚えさせとうはない。……あれは賢い子だ、嘉仁。

裕仁は立派な帝となろう。臣民は畏れを抱き、伏して裕仁を仰ぎ見るであろう。それこそが帝の在りようなのだ。

嘉仁　陛下……

節子　（嘉仁の様子を窺う）

嘉仁、悲しげに黙るが、気を取り直して睦仁に語り掛ける。

嘉仁　陛下、嘉仁は不肖の子でございました。どうか数々の御不孝をお許し下さい。

睦仁　是非もない。嘉仁、裕仁が育つまで玉座を守れ。お前はその為に生まれてきたのだ。

嘉仁　誓って御言葉を守ります。ですから、どうか私を許して下さい。

睦仁　……

嘉仁　父上！

睦仁　……言ったはずだ、父と呼ぶな。

嘉仁　陛下。

睦仁　……情を捨てろ。

嘉仁、俯いて悲しみを堪える。

睦仁　下がれ、今生の別れだ。

嘉仁、節子、数歩後退り深く頭を下げる。睦仁周辺が暗くなり、退場していく。裕仁も、睦仁を見送った後、退場する。

節子　明治四十五年七月二十九日夜、天皇陛下がお隠れになった。直後深夜一時、皇太子嘉仁様が御即位され、第百二十三代天皇として玉座につかれた。

嘉仁、ゆっくりと椅子に向かい、座る。

節子　敬称は殿下から陛下になり、私も皇后陛下と呼ばれる身の上になった。元号は大正と改められ、この日この大日本帝国で新しい時代が始まった。

　嘉仁、座りながら落ち着かない様子でキョロキョロしている。

節子　陛下、どうかいたしましたか？
嘉仁　……覚悟していたが、落ち着かないものだな。
節子　陛下……
嘉仁　節子。今は誰もいない、嘉仁と呼ぶ約束だ。
節子　……よろしいのですか？
嘉仁　勿論だ。
節子　嘉仁様、御身体は平気でございますか？　昨夜からほぼ不眠、お疲れなのでは？
嘉仁　今はそんなことを言っている時ではない。
節子　私は嘉仁様の御健康が心配でなりません。御即位されたからには、天皇陛下としてお忙しい毎日が続く事でしょう。
嘉仁　それは天皇の責務さ。致し方ない。
節子　ですが……
原の声　原です。よろしいでしょうか？
嘉仁　原か！　入れ。

原、大隈、登場。

原　失礼いたします。
大隈　今日よりは新帝陛下と御呼びせねばなりませんな。

間

嘉仁　皇后。少し……
節子　畏まりました陛下。
嘉仁　すまない。

大隈、原、節子に一礼。節子、嘉仁に礼をして退場。しばらく沈黙。

嘉仁　また聞いて欲しい話があるのだ。
大隈　なんでございましょう？

原　なんなりとお話し下さい。

嘉仁　（立ち上がり、無造作に大隈たちに近付きながら）畏まってばかりでは話などできない。大隈、原、いつも通りざっくばらんに話をしよう。

原　陛下！

嘉仁　（床に座る）どうだ、三人でこうすれば話もしやすかろう？

　　大隈、原、戸惑い顔を見合わせる。

嘉仁　どうした二人とも？　座らないか？

原　（肚《はら》を決めて）……勅命とあらば致し方ありませんな。（座る）

大隈　原！（呆れるが、気を取り直し少し笑う）うむ、勅命なら聞かねばならぬか。（座る）

　　三人、車座のように座っている。嘉仁は胡坐《あぐら》だが、原と大隈は正座。嘉仁、しばらく首を傾《かし》げ考え込む。

嘉仁　よし、では話そう。この大日本帝国についてだ。
原　はい。
大隈　我が帝国がどうかなさいましたか？
嘉仁　これは私が地方巡啓で感じたことなのだが、日露戦争の前と後で、平民たちの空気が変わったように思うのだ。何と言えば良いのか……何とはなしに停滞しているように思うのだ。その停滞は今も続いている。
原　……なるほど。
嘉仁　これはどういうことか？

間

大隈　それはこの国が全力で走り続けたからでしょう。
嘉仁　うん、続けてくれ。
大隈　私たちは、欧州列強にこの国が食い物にされることを恐れて幕府を倒しました。そして、先帝を中心として新しい国を作った後も、やらねばならんことは山積しておりました。

原　廃藩置県、版籍奉還、地租改正、不平士族の反乱、不平等条約の改正。

大隈　それら全てをこの四十数年に取り組んできたのです。この米を作る以外に大した産業のなかった日本がです。

原　国中が飲まず食わずで、やっとロシアにも勝てる国にまで成長できました。

嘉仁　つまり、現在の停滞は日露戦争までの反動と考えれば良いのか？

大隈　四十年間走り続ければ、息も上がりましょう、喉も渇きましょう。

嘉仁　先帝陛下の、父の時代は凄まじい時代だった。だが、父と臣民とが一つになってその難局を駆け抜けた。

大隈　そう考えるとこの四十年というのは、途方もなく目まぐるしい歳月でしたな。

原　同感です。

嘉仁　だがその時代は終わった。

間

嘉仁　原、大隈。我々はもう少し、周りの景色を楽しみ、お互いの体調を気遣い、時には仲間同士で語らいながら、ゆっくりと進んでも良いのではないだろうか？　この国はそういう時期にさしかかっているのではないだろうか?

大隈、原、考え込む。

大隈 先帝崩御直後に、陛下からこのようなお話を伺うとは思ってもおりませんでした。
嘉仁 既にして不肖の息子だ。今更不孝のそしりは怖くない。
大隈 そういう意味ではございません。陛下は私の思っていた以上に、立派な天皇であらせられる。この大隈、感服仕った。
原 私もです、陛下。

原、立ち上がり姿勢を正す。大隈も立ち上がる。

嘉仁 どうした?
原 ただ今伺いましたる御叡慮、かねてよりの我が存念と同じにございます。今少し、臣民全体に配慮した政《まつりごと》をと常々考えておりました。
嘉仁 そうか、原も同じか!

原　はい。

大隈　私もこれより先の時代は、民の力を育てるのが肝要と考えます。官が民をやみくもに導く時代は終わりました。

嘉仁　なるほど、そうであるか。

　嘉仁、立ち上がり、椅子に戻る。椅子にはいつの間にか睦仁が座っている。

原　我々は皇太子であられた頃から、陛下とは親しくお話をさせていただいておりました。御即位されたからには、非力ながら必ずや陛下に忠を尽くします。

嘉仁　……原、大隈、頼りにしているぞ。

原・大隈　は！

　間

嘉仁　この身は非力・非才、全てにおいて先帝には及ばない。だがこの身が滅ぼうとも天皇の責務からは逃げん。

原・大隈 ……

嘉仁 二人とも大儀であった。

原、大隈、一礼して退場。睦仁、椅子から立ち上がる。

嘉仁 父上、お叱りは黄泉《よみ》の国にて受けます。それまでお待ちください。

嘉仁、退場。睦仁もやがて退場。節子、登場。

節子 私の心配した通り、天皇としての激務は夫の体を苛《さいな》んだ。それでも大正の始めの数年間は平然と公務をこなし、精一杯天皇の在り方を変える努力もしていたのだ。

四竈、登場。

四竈 そう言えば、お元気な頃の陛下のお写真は度々新聞にも載っておりました。

節子 ええ、そうですね。

四竈　お写真嫌いであった明治帝とお比べするとだいぶ違っておりましたな。
節子　陛下は自分のお姿を臣民の目に触れさせることで、畏れよりも親しみを得ようとしていたのよ。
四竈　……
節子　四竈は大正三年の盗撮事件は覚えていますか？
四竈　……大阪朝日でございますか？
節子　そうです。
四竈　記者が畏れ多くも先帝陛下を隠し撮りして新聞に掲載した……
節子　あの時は原さんがお怒りになったわね……

暗転。汽車の走る音が聞こえてくる。天皇の乗る御料車内。原、牧野、登場。
四竈、退場。節子は嘉仁の傍に。

嘉仁　牧野、原、捨てておいても問題ないだろう。
原　お言葉にはございますが、決して捨て置くことはできません。
嘉仁　何故だ？

原　みだりに陛下を撮影の対象とするなど言語道断。これを捨て置いては、いずれは天皇を軽んずる不敬なる思想の温床になるやもしれません。

嘉仁　内務大臣にとっては困ったことということか……

牧野　恐れながら陛下、このことは皇室の尊厳に関わること、つまりは帝国の根幹に関わることにございます。

嘉仁　（思わず呟く）私の尊厳など、どうでも良いのだがなぁ……

節子、原、牧野、嘉仁の発言にぎょっとする。

牧野　何を仰いますか、陛下！

原　陛下……

節子　そのようなことを申されては、先帝陛下の霊が悲しまれましょう。

嘉仁　（慌てて）すまん、また粗忽《そこつ》を口にしてしまった。失言であった。

原　……ではこの件に関して新聞各社に厳重に注意をいたします。

嘉仁　隠し撮りは勿論問題である。しかし、我が姿を掲載することは我が意には反していない。その点は踏まえて欲しい。

牧野　……

原　承知いたしました。

嘉仁　それと、原、牧野。この度の巡幸についてなんだが。

原・牧野　は。

嘉仁　二人とも楽にしてくれ。

牧野　車中とは言え、陛下の御前でございます。

嘉仁　（冗談めかし）原、また車座になるか？

原　（軽く返す）御戯れを。

牧野　……

嘉仁　まあ良い。先帝陛下の御時代にはその時だけの作法もあったのだろう。だが、私の巡幸はなるべく諸事を簡単にしたい。

原　はい。

嘉仁　それとできれば、道筋の多少の変更には対応してもらいたい。臣民の暮らしぶりをこの目で見る好機だ。

牧野　陛下、この度の御巡幸における御日程は既に決まっております。

嘉仁　そこを押して頼むのだ。

牧野　しかし……

原　そのこと、侍従長とも打ち合わせ、でき得る限り陛下の御叡慮を取り入れまする。

嘉仁　そうか！

原　しかしながら、取り入れ難きこともあるでしょう。その折はどうかお聞き入れ下さりませ。

汽車の停まる音。

嘉仁　着いたか？

節子　（窓から覗く仕草）御覧ください陛下。歓迎の方々が沢山。

嘉仁　よし、参ろうか、皇后。

節子　はい。

嘉仁、退場しようとして少しよろける。

節子　（傍により）陛下？

嘉仁　（明るく）少し座り過ぎたようだ。行こう。

　　嘉仁、節子、退場。

牧野　原さん。
原　分かっている。諸事を簡単にすませることはないし、陛下の道草もなしだ。
牧野　……それでは大御心に逆らうことになりますが。
原　それも致し方なかろう。御巡幸を軽々しいものとしては、皇室の御威光に関わる。
牧野　全く同感です。
原　侍従にもよくよく言い含めておこう。
牧野　しかし、それなら陛下とお話しして御理解いただければ良かったのでは？　御威光の為とはいえ、我々は陛下に偽りを申したことになります。
原　牧野君。
牧野　はい。
原　私は陛下のあの御気性が好きなのだよ。だから押さえつけて窮屈な思いをしていただきたくないのだ。

牧野　結果、同じことだと思いますが……

原　明治帝よりの作法を変えるなどそうそう出来ることではない。だが、変わる、変えられるという希望を陛下にはお持ちいただきたい。

牧野　原さん……

原　少しずつこの国は変わり始めた。陛下には新しい時代の象徴になっていただきたいのだ。

牧野　原さんがそこまでお考えなら、私が言うべきことはありません。

原　ああ、今後も力を貸して欲しい。

牧野　喜んで。

原、退場。牧野、頭を下げて見送る。裕仁、登場。椅子に座る。

牧野　あの頃は、私もそれが正しい道だと考えておりました。

裕仁　父上に含むところは無かったと?

牧野　勿論です。私は臣として先帝を尊敬しておりました。

裕仁　だが今、私達は明治大帝をのみ尊び、先帝陛下を過去に葬ろうとしている。

牧野　いえ、そうではありません……

裕仁　責めている訳では無い。だが一つ聞きたい。何かきっかけがあったのか？

牧野　……

裕仁　牧野伸顕が、皇室への考えを変えたきっかけとは何だ？

牧野　……大きな意味でいえば、先の世界大戦です。

節子、登場。裕仁、牧野、退場。嘉仁、登場し椅子に座る。

節子　大正三年、全世界を揺り動かす大事件が起こった。欧州大戦とも呼ばれた世界大戦の勃発だ。時の首相は、伯爵大隈重信。

大隈、登場。自信に満ち溢れた様子で堂々と歩き、嘉仁に一礼する。

節子　十六年ぶり、二度目の組閣。ただ大隈内閣では、政友会が野党にまわり、政友会総裁となっていた原さんと大隈首相は対立関係になってしまった。

原、登場。どことなく浮かない表情。

大隈 陛下、我が帝国もドイツに対し宣戦布告すべしと緊急会議にて決定いたしました。

嘉仁 ……大隈、その必要があるだろうか？

大隈 英国より一刻も早い参戦を要請されております。思い起こせば日露戦争でロシアに勝利できたのも、日英同盟があってこそ。ここは恩を返さねばならぬでしょうな。

嘉仁 確かに恩は大切だ。しかし、心情だけで一国を戦火に巻き込むわけにはいかないのではないか？

大隈 参戦は国益にも合致しております。

嘉仁 それは？

大隈 簡単なことです、公然と支那および太平洋のドイツ領とその権益を奪い取れるのです。陸軍は山東省青島（チンタオ）、海軍は南太平洋の島々を目的とします。後はこの機会に支那に対する影響力を強めましょう。どうせ他のどこの国にも余力はないのです。袁世凱（えんせいがい）も折れざるを得ません。

嘉仁 ……

大隈 どうかされましたか？　陛下。

嘉仁　……大隈。
大隈　はい。
嘉仁　そんな火事場泥棒のようなことをして、我が国の威信は保てるのだろうか？

大隈、一瞬虚を衝かれて驚き黙る。その後、声を上げて笑う。

大隈　まこと陛下は心優しき御方にございますな。こうお考えください、今我々が遠慮をして火事場泥棒せねばどうなるか？　間違いなく、他の泥棒か強盗が入りましょう。
嘉仁　余所の国が？
大隈　支那は隣国、そこに介入する勢力は直ちに我が国への脅威になります。そうなる前に……
嘉仁　先手を打たねばならんのか。
大隈　御意にございます。流石陛下、お分かり下されたようですな。
節子　戦となれば必ず犠牲が出ます。避ける道はございませんか？
大隈　皇后陛下、御心配めさるな。この戦、長くは続きませぬ。クリスマスまでには終わるというのが大方の予測でございます。
節子　人が亡くなれば、必ずそれを悲しむ方がいます。なるべく犠牲の出ぬようお願い申し上げます。
大隈　両陛下のお優しさ、大隈胸に刻みまする。（大袈裟に礼をする）
嘉仁　頼む、大隈。
原　大隈首相、伺いたきことがございます。
大隈　……何か？
原　これほどの国家の大事を決定するのに、御前会議を召集もせず、国会の承認も行わず、陸海軍との摺り合わせすらせずに、内閣の緊急会議のみというのはいささか越権ではありませんか？
大隈　……
原　畏れ多くも陛下に対してすらこのような事後承諾とは……
大隈　悠長なことをやっていてはそれこそ国益を損なうことになりかねん。その場合、その損失の責を負うのは誰か？　君が負ってくれるのか？
原　何を屁理屈を……
大隈　（遮る）君では責を負えないだろう？　全ての責は陛下より、大命を仰いだこの私が負うのだ。

間

嘉仁　そうではないぞ、大隈。その責を負うべきはこの私だ。
大隈　（嘉仁に）そうであればこそ、私も内閣総理大臣として、陛下の御信任に応える為、敢えての越権をいたしました。大隈の赤心を御信頼下さりませ。
嘉仁　大隈。参戦のこと、内閣に一任する。その職務を全うせよ。
大隈　（畏まる）ありがたき幸せ。
原　……
嘉仁　原。
原　はい。
嘉仁　参戦ともなれば緊急時だ。政友会も大隈内閣を困らせることのないよう頼む。
原　御言葉、肝に銘じまする。
嘉仁　頼むぞ。

嘉仁、節子、退場。沈黙。

大隈 あまり年寄りをいじめんでもらいたいな。
原 大隈さん、今は政敵同士ですが、私は偉大な先輩としてあなたを尊敬してきました。
大隈 ああ、ありがとう。
原 しかし私はあなたの野心を見誤っていたようです。
大隈 野心？　この爺に野心があると？
原 あなたはやはり現役の政治家です。
大隈 （大笑い）買い被って貰っては困るよ。
原 そのことは別に良いのです。野心の無い政治家の方が信じられません。
大隈 一理あるな。
原 しかし！

間

原 しかし、舌先三寸で陛下を惑わすことだけは慎んでいただきたい。

大隈　……そんなことはしておらん。

原　あなたもご存知でしょう、陛下は純粋で人を疑うことを知りません。あなたはその御気性を利用して、意のままに操ろうとしている。それだけは許しがたい。大隈さん、陛下にだけは敬意を払っていただきたい。あなたとて陛下とは、親しく接してきたではありませんか！

間

大隈　（大きくため息）……東北人は頑固だのう。

原　褒め言葉として受け取っておきます。

大隈　「君臨すれども統治せず」。これが陛下の理想とする天皇だ。先帝とは違う。私はただその意を汲み、内閣総理大臣の責を果たしているだけだ。多少の弁舌で陛下の御機嫌を購《あがな》うのも首相の職務と心得ている。

原　何もその全てが良くないと言ってはおりません。しかし、あなたのやり方には尊敬がないのです。そのように陛下を利用されるのは我慢なりません。

大隈　では原君よ。政治家が利用できるものを利用して何が悪い？　何故に皇室のみは例外としておける？

原　（絶句）……あなたには皇室に対する尊敬はないのですか？

大隈　（ニヤッと笑う）答えにくい質問だ。英語で答えよう、ノーコメント。もうこの歳だ、野心などは無い。……強いて言うなら、最後に首相として思う存分政治をしてみたかった、それだけだ。

原　それも一つの野心でしょう。

大隈　そうか？　……まあそうか。幸いにして陛下の信任も厚い。もうしばらく楽しませてもらおう。

大隈、退場。節子、登場。

節子　戦争はクリスマスまでには終わらなかった。この世界中を巻き込んだ戦争は四年間も続き、戦争の前と後では大袈裟ではなく世界そのものが変わっていた。

原、台詞中に退場。裕仁、牧野、登場。節子、退場。

牧野　先の世界大戦で、我が国は漁夫の利を得ました。連合国五大国になり、国際連盟の常任理事国に選ばれました。つまり名実ともに世界の一等国となったのです。経済的にも大きな成長を遂げました。
裕仁　大戦景気だな。
牧野　その通りでございます。
裕仁　良いことずくめではないか？
牧野　……ドイツ帝国のヴィルヘルム二世。
裕仁　？
牧野　オーストリア＝ハンガリー二重帝国のカール一世、ロシア帝国のニコライ二世、トルコ帝国のメフメト六世。
裕仁　……廃位された皇帝たちか。
牧野　全て歴史もある強国の皇帝です。だが世界大戦という大きな波には耐えられず彼等は国を失った。ことここに至り、私は明治大帝の正しさを思い知ったのです。帝とは臣民に畏れられ、大きな器となりて国を覆うべし。
裕仁　……
牧野　そうでなければ国は保てないのです。これからの時代、皇室が重くなければ、我

裕仁　が国の秩序も崩壊いたします。

牧野　（しばし考えて）……牧野の言うこともわかる。しかし大戦を経ても存続している王家はあるぞ？

裕仁　それらは既に統治の実績のない進歩的な国の王家です。言ってしまえばお飾りの王家。我が皇室とは比べる意味もございません。

牧野　……その道を目指す選択肢もあっただろう。

裕仁　（きっぱり）いいえ、もうございません。

牧野　何故か？

裕仁　その選択肢の痕跡は、陛下と私とで抹消いたします。

牧野　……黄泉の国の先帝をもう一度葬ると。

裕仁　その為の明治六十周年です。その為に私は、六年前大正十年に泥をかぶったのです。これこそ大日本帝国の行くべき道でございます。

節子、四竈、登場。

節子　四竈がここに来たのはいつ頃でしたか？

四竈　侍従武官となったのは大戦中、大正六年でした。

節子　それではもう十年経つのですね。

四竈　ええ、そうですね。……軍人としてはいささか無念の思いもありましたが、先帝陛下にお仕えできて、私は果報者です。

節子　大隈侯も完全に引退されて、原さんも御傍にはいらっしゃらなかった。それに段々と体調は悪化して、陛下にとってはお辛い時期だったのよ。

台詞の間に裕仁、牧野、退場。嘉仁、登場。椅子に座り、笑顔を四竈に向ける。

嘉仁　しかまというのか？

四竈　は！

嘉仁　変わった姓だ。どう書く？

四竈　四つの竈《かまど》でございます。

嘉仁　なるほど、では四竈大佐。

四竈　陛下、階級は不要でございます。

嘉仁　そうか？　ならばそうしよう。
四竈　は！　ありがとうございます。
嘉仁　四竈、海軍なら有栖川宮威仁親王とは面識があったか？
四竈　はい。数度お顔を拝見したことはございます。ただ親しくお話ししたことはございません。

嘉仁、ふと頭に手を当て俯く。節子と四竈は気が付かない。威仁、登場。嘉仁、顔を上げ威仁に気が付き絶句。

節子　有栖川宮様が身罷られてもう四年になりましょうか。
四竈　はい、大正二年と記憶しております。
節子　先帝陛下が御隠れになってから、一年も経っていませんでしたね。
嘉仁　威仁親王……
節子・四竈　？
威仁　殿下、御健康にだけは御注意下さい。油断は禁物ですぞ。

嘉仁、立ち上がる。威仁、退場。

節子　陛下？　どうかなさいましたか？
嘉仁　(座る) いや、なんでもない……
四竈　陛下、恐れながらお顔の色が……
嘉仁　いや、いつもの頭痛だ、問題ない。

大隈、登場。飄々と歩いてくる。

大隈　天皇陛下、お久し振りですな。
嘉仁　大隈！　久しいな。
大隈　(言葉とは裏腹に悪びれず) 二年と少ししか内閣を保てなかった落第政治家。陛下に合わせる顔もございませんが、恥を忍んで参上仕りました。
嘉仁　良く来てくれた。
大隈　皇后陛下、皇子たちはお元気ですかな？
節子　はい、四人とも健やかに育っています。大隈侯爵もお元気そうで何よりです。

大隈　ありがとうございます。……陛下。
嘉仁　なんだ？
大隈　本日は暇《いとま》乞いに参りました。
嘉仁　何と……
大隈　先帝の頃より長いこと御世話になり申した。
嘉仁　大隈、たまには顔を見せてはくれぬか？
大隈　身に余るお言葉。されど最早この老人の出る幕はございますまい。
嘉仁　大隈……
大隈　老い先短い爺一人が消えるだけのこと。
嘉仁　（しばらく考える）……そうか、それも致し方ないか。
大隈　はい。
嘉仁　それなら最後に大隈に聞きたい事がある。（節子に目配せ）
　　節子、黙って会釈し退場。それを見て四竈も一礼し退場。嘉仁、考え込む。
大隈　これが最後の御奉公、何でもお答えしましょう。

嘉仁　大隈、天皇とはなんだ？　生まれてこのかた、このことを考えなかった日は無い。天皇とは一体なんなのだ？

間

大隈　正直にお答えせねばなりませぬか？
嘉仁　ああ。私の身の回りでこれに正直に答えてくれそうなのは大隈だけだ。
大隈　(躊躇《ためら》うが、やれやれと話し出す) 命を惜しむ歳でもございませんので、正直に申し上げます。
嘉仁　うむ。
大隈　御維新を成し遂げた我々にとって、天皇とは自分らで作った神棚です。
嘉仁　神棚？
大隈　そうです。新しい日本を統治する為には、将軍・大名に代わる神棚を民衆に拝ませなければならなかった。陛下、私は自分で作った神棚を拝む趣味はございません。作った目的は拝むことではなく、拝ませることだったのですから。
嘉仁　……

大隈 私にせよ、山縣にせよ、死んだ伊藤、井上、黒田、板垣、もっと言えば西郷、大久保、木戸にせよ、おそらく同じような見解を持っておりました。つまり、新しい日本を作る為に皇室を利用する、ということです。

嘉仁 ……俄《にわ》かに受け入れがたいが、話は良く分かる。

大隈 原や牧野の世代は御維新の時、まだ子供でした。更に、明治生まれとなるとどうですかな？ 彼等にとって皇室とは、生まれた時からこの国の頂点にあるのです。下手をするとこれから先、我が帝国はこれが為にまずいことになるやもしれません。

嘉仁 どういう意味か？

大隈 大衆が拝むのは良いのです。しかし為政者が本気で拝むようになったら危険ですぞ。手段と目的が入れ替わりまする。

嘉仁 家を守る為に神棚を拝んでいたのが、神棚を守る為に、遂には家を失ってしまうということか？

大隈 上手いたとえでございますな、私が憂うのはその点です。

嘉仁 そうか……

嘉仁、考え込む。このあたりで睦仁、登場。何を話すでもなく嘉仁を威圧する。

大隈　とは言えこれはこの爺の杞憂に過ぎぬのかもしれません。我が国は平和。大正ロマンの花開く平和な治世でございます。

嘉仁　……大隈、私には何ができるのか？　私は愚物だ、政治向きのことはよく分からないし、未だに山縣に頭ごなしに怒られる。

大隈　確かに陛下は御正直。政には不向きな御性質。

嘉仁　その通りだ。

大隈　しかし絶対に陛下にしかできないことがございます。

嘉仁　それはなんだ？

大隈　御健康で御長寿をお保ちください。

嘉仁　長生きすれば良いのか？

大隈　陛下のような天皇を神棚に置いておけば、きな臭い流れへの歯止めにはなりましょう。その時代が長く続けば、やがては皆が明治の頃を忘れましょう。

嘉仁　……長生きか。

睦仁　嘉仁。

嘉仁　(睦仁に気付く)……
睦仁　裕仁が育つまでは玉座を守れ。それがお前の定めだ。
嘉仁　父上。
大隈　陛下、どうかなされましたか？
睦仁　あれは賢い子だ、良い帝となろう。……お前とは比べ物にならん程のな。
嘉仁　長生きは難しい注文だな。(頭を押さえる)
大隈　陛下？　いかがされました？
嘉仁　(顔を苦しそうに歪めながら) だがそれが天皇の責務なら、出来る限り果たさねばならん。

睦仁、退場。嘉仁、頭を抱え倒れこむ。

大隈　(嘉仁に駆け寄る) 陛下！　陛下！　誰か！　誰か！

節子、四竈、登場。嘉仁に駆け寄る。大隈、四竈、嘉仁を介助しながら退場。

節子　この頃より、夫の体調は急な坂を転がるようにして悪化していく。病名は髄膜炎、つまりは脳病。記憶や言語にも乱れが現れ、歩行や日常の動作も少しずつ不自由になっていった。

　　原、牧野、登場。

原　皇后陛下、お久しゅうございます。
節子　原首相、やっと念願がかないましたね。
原　私の首相就任など陛下の御病気に比べれば些事に過ぎません。牧野君、御病状はどうなのだ？
牧野　……はい。（節子を気にして口を開かない）
節子　大正七年、原さんが遂に内閣総理大臣に就任した。
原　どうした？
節子　原さん、陛下をお連れします。少しお待ち下さい。
原　は。

節子、退場。

原　そんなにお悪いのか？

牧野　侍医によれば、脳の御病気のようです。現状維持が精一杯、御快復はどうやら……

原　……

牧野　このまま御病状が進めば、御意識にも相当な乱れが生じかねないそうです。それに心身の緊張は悪化を早めるだけ、とにかく安静にとのこと。

原　いつまでだ？

牧野　この先、ずっとです。

原　そうか……（沈み込む）

間

牧野　いずれ近いうちに陛下の御姿を、臣民から隠さねばならなくなるでしょう。

原　……分かった。御公務はなるべく代理を立てよう。

牧野　それが最善かと。

　　嘉仁、裕仁、節子、登場。嘉仁、少し覚束ない足取りで椅子に座る。

嘉仁　原、良く来てくれた。

原　(明るく) 陛下、いよいよ大命を授かりました。

嘉仁　ああ、長かったな。

原　政はこの原が万事抜かりなく執り行いますゆえ、陛下には、ごゆっくりと御静養をお楽しみください。

嘉仁　ああ、すまんな。(舌がもつれて分からない言葉を言う)

原　?

嘉仁　(更に聞き取れない言葉)

　　一同、絶句。気まずい沈黙。

裕仁　(努めて明るく) 原、陛下はすぐに御公務に復帰するつもりらしいぞ。父上、母上も御心配なさります。それは愛妻家たる父上の望むところではございますまい。

節子 何を仰るんです殿下！

嘉仁 いや、裕仁の言う通りだ、皇后を心配させるわけにはいかない。どうだ、原。裕仁は立派な皇太子に育っただろう？

原 若き日の陛下を思い起こします。

嘉仁 分かりきった世辞を言うな、私などよりもずっと立派。

原 陛下。御快復の折にはまた激務が待っております。今は御静養にお努めくださりませ。

嘉仁 分かった。（急に顔をしかめ）……少し頭が。

節子 陛下、お休みになりましょう。

節子、嘉仁を介助しながら退場。裕仁、それを見送って、口を開く。

裕仁 原、牧野。

原・牧野 はい。

裕仁 ……皇室の尊厳は守らねばならぬ。よろしく補佐を頼む。

牧野　勿体ないお言葉でございます。
原　殿下、お任せ下さりませ。
　裕仁、退場。原、牧野、一礼して送る。顔を上げ二人で目を合わせ、しばらく無言。
原　私が何を考えているか分かるかね？
牧野　……皇太子殿下、御立派に御成長なされましたな。
原　ああ。
牧野　幸いまだ時間もあるようです。今から準備を始めましょう。
原　牧野君。
牧野　はい。
原　首相として、御健康な陛下と共に腕を振るいたかった。
牧野　……
原　無念だよ。……無念でならん。

原、肩を落として退場。

牧野 あの時に、私は泥を被る覚悟を固めたのです。どんな非情な手段を採ろうと、皇室の尊厳を断固として守らねばならない。

牧野の話している間に、（過去の）裕仁登場。椅子の傍に立つ。

裕仁 摂政？ 摂政とはあの摂政か？

牧野 皇太子殿下にあらせられましては、御病気の陛下に代わり、御政務を執り行っていただきます。

裕仁 下がれ牧野。父上は御病気とはいえ未だ御健在。そのような不孝不忠の片棒を担ぐつもりはない。

牧野 殿下、殿下は常日頃、先帝明治大帝こそ理想の帝とお慕いしていると伺っております。

裕仁 ……それがどうした？

牧野 今こそ明治大帝の治世を蘇らせる時とはお考えになれませんか？

裕仁　不敬だぞ牧野！　父上とて御立派な天皇であらせられる。

牧野　今までは御立派であらせられたと言わねばなりますまい。

裕仁　牧野……

　　牧野、黙って裕仁を見つめる。裕仁、視線をそらし椅子を離れる。睦仁、登場。椅子の前に立つ。

牧野　恐れながら御病気が進めば、陛下の御姿は皇室に対する爆弾そのものになります。

裕仁　……

牧野　今まで盛んにお姿を晒《さら》しておられた陛下です。急にお姿を隠されては臣民も怪しみましょう。そしてこう噂しましょう、「陛下は御病である。陛下も我々と変わらず病に倒れるのか。陛下も我々と同じ人間なのだ」と。

裕仁　牧野、何を企んでいる。

牧野　何も企んではおりません。ただ臣下としてこう考えるのみです。

牧野・睦仁　帝は現人神。人ではなく神であらねばならん。

裕仁　……

牧野 お思い起こし下さい、殿下。先帝陛下の気高き御姿、先帝陛下の威厳、先帝陛下の卓抜した統率力。

裕仁 ……

牧野 大日本帝国の秩序を守る為に、今一度、先帝の在り方を継承した帝をこの国の頂点に据えねばなりません。

間

裕仁 先帝陛下の御姿は、まだ幼かった私の目にも焼き付いている。いつの日かあのように君臨することを幼かった私は夢見ていた……、何をどうするつもりなのだ？

牧野 事を成すには時間が必要。私は宮内大臣、更には内大臣へと進み、宮中に発言力を確保いたします。

裕仁 ……それで？

牧野 殿下には、御立派な帝となる為に、御外遊していただきたいと思います。

裕仁 外遊？

牧野 ええ、すぐにとはいきませんが数年以内には準備を整えます。欧州へと渡り見聞をお広げ下さい。

裕仁　それは私の望むところではあるが……

牧野　御帰国後速やかに事が運びますよう、準備をいたします。

裕仁　（椅子に目を向ける）……私がお祖父さまのようになれるのか。

牧野　この牧野にお任せくださりませ。

睦仁、退場。裕仁、それを追いかけるように退場。節子、登場。

節子　万端の準備を整え、裕仁は大正十年、半年に及ぶ外遊に旅立った。この外遊が夫の跡を継承する為の前準備であることは誰の目にも明らかなことだった。

原、登場。節子、退場。

原　これはこれは牧野宮内大臣。

牧野　原さん、お呼び立てして申し訳ありません。

原　君なら次の首相も狙えただろうに、なぜ宮内大臣に？

牧野　皇室は帝国の根幹、宮廷にあって皇室の御威光を保持すること、このことを我が使命と決意いたしました。
原　そうか。君がそこまで言うなら何も言うまい。
牧野　(改まって)原首相。
原　？
牧野　皇太子殿下の御帰国の前に、殿下の摂政就任を陛下に御認可いただきたいのです。
原　……早過ぎはしないか？
牧野　早過ぎるということはございません。原さんとて、殿下の御英明は承知のはずですが。
原　勿論分かっているさ。
牧野　ならば一刻も早く摂政を立てることが救国の道と心得ます。
　嘉仁、節子と四竈に介助されながら登場。ゆっくりと椅子に向かう。
四竈　(嘉仁を座らせながら)さあ、陛下、御腰をお掛け下さいませ。
嘉仁　(腰を下ろし)ああ、すまんな、節子。それと……(四竈をじっと見る)お前は誰だ？

四竈　陛下、侍従武官の四竈でございます。

嘉仁　そうか、新しい侍従か。

節子　陛下、新しい侍従ではございませんよ、四竈ですよ。

嘉仁　……

四竈　陛下、四竈と申します。今日よりお傍でお仕えさせていただきます。

嘉仁　ああ……

節子　……原首相、牧野宮内大臣。御用は手短にお願いできませんか。

牧野　はい。でき得る限りそういたします。

節子　ありがとうございます。

原　……陛下、原でございます。

嘉仁　……節子、あれは裕仁か？

節子　皇太子殿下は御外遊中ですよ。

嘉仁　そうか……裕仁は欧州か……（様子が変わり、意味の分からないことを数語呟く）

牧野　皇后陛下。これ以上、陛下の御心を乱さぬよう、特別の手段を取らねばならぬ時と考えます。

節子　どういう意味ですか？
牧野　皇太子殿下の御帰国を待ち、殿下に摂政に御就任いただきます。
節子　……原首相も同じお考えですか？
原　ことここに至っては、やむなきことかと……
節子　そうですか。お二人がそうお考えなら致し方ないことかもしれませんね。
牧野　陛下の御為を思いますれば、天皇の責務から離れることが……
嘉仁　（急に焦点が合う）断る！
　　一同、驚愕。
嘉仁　私は天皇だ。決してその責務から逃げることはしない！　牧野、私は誰だ？
牧野　……
嘉仁　原、私は誰だ？
原　……天を治める我が君にございます。
嘉仁　そうだ、私は天皇だ！　その定めからは逃げない。（言い終えると崩れ落ちる）
四竈　（嘉仁を助け起こしながら）陛下！

節子　どうか御心を御静め下さいませ。四竈、陛下をお願いします。
四竈　はい。陛下、参りましょう。

嘉仁、四竈に助けられて退場。原、牧野、呆然と見送る。節子、深々と頭を下げ最敬礼で嘉仁を見送る。原、牧野、節子の様子を見て同じく最敬礼で見送る。

節子　原首相、牧野宮内大臣。
原・牧野　はい。
節子　摂政のお話ですが……陛下の御許しがあれば、私の口を出す問題ではありません。
牧野　皇后陛下、しかし……
節子　分かっております。……しかし、今なお陛下の魂魄《こんぱく》は、天皇としての責務を一身に背負い、苦しみ悶えておられます。
牧野　ですから摂政を立てれば、陛下はその責務から解放されます。
節子　（首を振る）いいえ、陛下の背負った定めはそのように軽いものではありません。ですから、摂政を望むなら必ず陛下の御許しを得てください。そうであれば私は何も申しません。

間

原　畏まりました、皇后陛下。

牧野　原さん！

原　皇后陛下の御考え、しかと伺いました。

節子　原さん、ありがとうございます。

原　陛下の御許しがないうちは、万難を排し、この原が陛下をお守りいたします。

牧野　……

節子、退場。原、牧野、礼をして見送る。

原　牧野君、すまない。

牧野　どういうおつもりですか？

原　……私にはできない。どうしてあの善良な陛下を裏切れようか。

間

牧野　それでは外堀を埋めることにしましょう。
原　……私は全力で陛下を守るぞ。
牧野　お好きにどうぞ。

牧野、退場。後を追って原も退場。節子、四竈、登場。

節子　四竈、あなたは献身的に御病気の陛下に仕えてくれました。
四竈　私よりも皇太后陛下です。
節子　私？
四竈　先帝陛下を最も献身的に御看病されたのは、他でもない、陛下ではありませんか。
節子　私は他の者に陛下の御世話を任せるのが好きではなかっただけです。
四竈　なるほど。
節子　夫婦ですから。

四竈　（俯く）……

節子　どうしました？

四竈　……明治六十周年のお話にございます。

節子　……今日はそれを言いに来たのですね？

四竈　先帝陛下の崩御よりまだ半年。喪に服し、先帝を偲ぶべきこの時期に何故明治の昔を寿《ことほ》がねばならないのか。それはあまりにも、あまりにも先帝陛下を軽んじております。これではまるで先帝ではなく明治帝を偲べと、天皇陛下御自らが宣言しているようなものではありませんか？

節子　……天皇陛下が御自ら。

四竈　いえ、勿論陛下の大御心ではなく……

節子　気遣いは無用です。天皇陛下は、先帝陛下をもう一度葬ろうとしているのですね。

四竈　先帝陛下は天皇陛下を深く慈しんでおられました。

節子　ええ、そうですね。

四竈　御病状が重くなられた後も、うわごとのようにいつも、私は良い息子を持ったと……

間

節子　四竃。

四竃　……はい。

節子　天皇陛下も先帝陛下には深い愛情をお持ちです。

四竃　……恐れながら、私にはそうは思えないのです。

四竃、退場。

節子　大正十年九月三日、裕仁は欧州外遊を終え、戦艦香取にて横浜港に帰港。慶びに沸く幾万もの臣民に出迎えられ同日帰京。東京は、若き皇太子の帰国を喜ぶ人の群れであふれた。提灯行列に花火、それは時ならぬ大きな祭りであった。

裕仁、颯爽と登場。原、牧野、続いて登場。節子、退場。

牧野　殿下、御身体は大事ありませぬか？

裕仁　ああ、問題ない。
牧野　頼もしき御言葉にございます。
裕仁　それに悠長なことを言っている場合でもなかろう。
牧野　御意にございます。
裕仁　陛下の御病状はどうだ？
牧野　幸いにして急な悪化はございません。しかし、最早天皇としての御公務には耐えられません。
裕仁　原、準備は整った、内閣として摂政就任の話を進めて欲しい。
原　……
裕仁　どうした？
原　殿下、今しばらくの御猶予を賜りたく存じます。
裕仁　何故だ？
原　恐れながら、陛下の御認可をいただいておりませぬ。
裕仁　陛下の御認可？
牧野　皇后陛下がそう仰られたのです。陛下の御許しなくば、摂政のことは認められないと。

裕仁　それで、陛下は何と？
牧野　お話の分かる機を選んで、度々御叡慮を伺ってはいるのですが……
裕仁　御賛同いただけぬのか……
牧野　はい。
原　事は皇室と我が国にとっての一大事。焦って事を運び禍根《かこん》を残してはなりません。
裕仁　(考える)……原。
原　はい。
裕仁　お前の陛下に対する忠義の心、とても嬉しく思う。
原　勿体ない御言葉にございます。
裕仁　だがここは折れてくれぬか？　それが我が帝国の為なのだ。
原　……どういう意味でございましょうか？
裕仁　やはり一日でも早く摂政を立てることこそ、必要なことなのだ。
原　それにつきましては私も同じ意見にございます。しかしながら……
裕仁　それなら話は早い。即日その為に動いてくれ。
原　皇太子殿下……
裕仁　子として、父の御心に背かねばならんのは断腸の思いである。だが皇室の為にはそれもやむを得ないことだろう。

間

裕仁　皇室が愛し敬われ続ける為に、皇室の尊厳を傷付ける可能性は排除しなければならない。

牧野　殿下、お見事な御決意にございます。

裕仁　臣民の熱を、皇室に向けさせ続けることこそ重要なのだ。……明治大帝のように強くて大きい帝こそこの国には相応しい。

原　……殿下の御気持ちは良く分かりました。

裕仁　全ては大日本帝国の為。非情な決断もただその為だ。

原　今一度、陛下に御許しを頂戴する為に動きます。

裕仁　頼む。

原　はい。……牧野宮内大臣。

牧野　何か？

原　余計な企みは慎んで欲しい。

牧野　私は何も企んでなどは……
原　（遮る）三度にわたる宮内省の御病状発表。あれは君の差し金だろ。
牧野　陛下を心配する臣民に、御病状を伝えるのが悪いことでしょうか？
原　あれをもって陛下の御病気を周知のものとして、外堀を埋めるつもりだろう？　浅はかな、そんなことをすれば陛下の御名誉に傷が付く。
牧野　それは考えが及びませんでした。
原　……もし余計な動きを見せれば、貴様と刺し違えて陛下をお守りする。
牧野　心しておきましょう。
　　原、牧野をもう一度睨み付け、裕仁に礼をして退場。
裕仁　……原は陛下の忠臣。あの様子では非情にはなりきれまい。
牧野　おそらく、そうでございましょう。
裕仁　構う事は無い、やれることは皆やってくれ。
牧野　……よろしいのですか？
裕仁　ああ。

牧野　摂政御就任は、殿下と私の大いなる目的への出発地点に過ぎません。

裕仁　ああ。

牧野　遥か先の目的地を目指し、その為の布石を行いたく存じます。

裕仁　分かった、信じる。好きなようにやってくれ。

牧野　ありがたき御言葉にございます。では。

牧野、礼をして退場。裕仁、椅子に手を当てうなだれる。

裕仁　……父上、お許しください。

裕仁、退場。嘉仁、節子、原、登場。嘉仁、節子に伴われ椅子に座る。

原、嘉仁に対し畏まる。

原　陛下、どうか御堪忍くださいませ。皇太子殿下も実に御立派に御成人なされました。どうか、どうか殿下の摂政御就任を御許しください。

　原のセリフ中に威仁、登場。親しげに嘉仁に近付く。

嘉仁　威仁親王……

節子　陛下？

威仁　殿下、皇族とはそれぞれが定めを背負って生まれてくる一族です。

嘉仁　私はどう生きれば良いのでしょう？

威仁　あなたは天皇となる為に生まれてきた。

嘉仁　威仁親王、私は良い天皇になれるよう努めます。

威仁　（頷く）それが殿下の良いところです。

原　陛下、お聞きください！

　威仁、退場。

嘉仁　威仁親王、行かないで下さい！

原　（俯く）……陛下。

嘉仁　……私は愚物だが努力を怠るわけにはいかんのだ。

節子　陛下、原さんがお話に来てますよ。
原　皇后陛下、もう結構です。陛下に御許しをいただくまで、何度でも参ります。

四竃、大慌てで登場。

四竃　（礼をして）皇后陛下、御報告したき儀が。
節子　どうしたのです？　そんなに慌てて。
四竃　（顔を上げて原を発見する）……原首相。
原　どうした？
四竃　（摑み掛らんばかりの勢いで）あなたは何を考えているんですか！
原　落ち着きたまえ、四竃君。どうしたと言うんだ？
四竃　今朝方、四回目の御病状発表がありました。知らなかったとは言わせませんよ。
原　……何だと？
四竃　しかもその内容たるや……
原　何だと言うんだ？
四竃　（懐から紙を取り出し）東京朝日の記事の写しです。同じ内容が全ての朝刊に載りましたよ。今後、全臣民がこれをのみ真実と信じるでしょう。

原、四竈の手から紙を取り、それを読む。読み進めていくうちに血の気を失う。

節子　裕仁の帰国した丁度ひと月後、大正十年十月四日、四度目となる宮内省よりの御病状発表が行われた。今までの当たり障りのない内容から一変し、夫が脳病であること、その病が幼少時より継続して夫を悩ませてきたことを赤裸々に語った内容だった。

原　……牧野。

四竈　何故ここまでする必要があるのです？　何故、御病気の陛下の御名誉を汚すような真似が出来るのです？　……原首相、あなたは陛下がどんな御方なのか私以上に知っているはずではないですか！

原　……

四竈　答えろ原敬！　貴様、陛下に合わす顔があるのか!!!

節子　静まりなさい！

間

四竈　（我に返る）皇后陛下、御無礼を致しました。
節子　四竈、その紙をこちらへ。
四竈　しかし……
節子　私は陛下の妻、気遣いは無用です。
四竈　はい。

四竈、紙を節子に届ける。節子、それを読む。沈黙。

原　牧野がここまで強硬な手段を取るとは読めませんでした。
節子　原首相、四竈。
原　はい。
四竈　は。
節子　この発表によってどういう事態が予想されますか？

四竈　……臣民の陛下に対する印象が著しく変わるでしょう。陛下の御病気が脳病であり、それも幼少の頃より患っていたとなれば……
節子　つまりずっと前より、脳を患っていたというように受け取られるのですね。
四竈　はい。
節子　しかし陛下は、御健康な頃より盛んに臣民の前にお姿をお見せになっておりました。その頃の印象まで変わってしまうのですか？
四竈　人の記憶はあやふやなものです。そして現在の陛下の御病状と発表を併せて考えれば、容易くお元気な頃のお姿の記憶は書き換えられてしまうでしょう。
節子　……そう。
原　更には……
節子　何ですか？
原　宮内省の公式な発表はおそらく、後世にまで残ります。
四竈　……無念でございます。
原　……陛下は脳を患った天皇として、百年二百年の後にも語られることでございましょう。

重い沈黙が流れる。ポツリと嘉仁が口を開く。

嘉仁 私の尊厳など、どうでも良いのだがなぁ……

原 （跪《ひざまず》いて）……天皇陛下、申し訳ございませんでした。陛下の御名誉を汚してしまいました。謝罪して御許しいただけることでないのは重々承知しております。ただただ、この私の無能が原因です。申し訳ございませんでした。……皇后陛下。

節子 ……はい。

原 一国の宰相ともあろうものがこの不明。伏してお詫びする以外にできることがございません。申し訳ございませんでした。

節子 ……

原 四竈君。申し開きのしようがない。

四竈 本当に御存知なかったのですか？

原 ……勿論だ。なんで私が陛下を裏切れようか。

四竈 ……

原 陛下、申し訳ございませんでした。

　　　　間

節子　原首相、お立ち下さい。内閣総理大臣が軽々しい振る舞いをしては、宮廷の秩序も崩れます。

原　……

節子　さあ、原さん。お立ち下さい。

原　(俯いたまま立ち上がる)……

節子　不明は私も同じです。こうなるなら、早々に皇太子殿下を摂政にお立てすればよかった。

四竈　恐れながら、責めるべきは宮内大臣牧野の不敬。決して許されるものではございません。

節子　原さん……この件皇太子殿下も関与しているのでは？

原　……

四竈　……まさか、皇太子殿下が。

節子　そう考えれば辻褄《つじつま》が合います。いくら牧野とはいえ、独断でここまではできないでしょう？

嘉仁　裕仁は立派な皇太子に育った。

間

原　天皇陛下、皇后陛下、首相として穏やかにこの件の収束を図りたく思います。

節子　ええ。

原　数ヵ月放置する事で事態を冷まし、その上で速やかに摂政の話を進めます。これが天皇陛下、皇太子殿下、双方の御名誉をお守りする方法です。

四竈　……数ヵ月放置させてくれるでしょうか？

節子　そうですね、殿下もことを急ぐのではないでしょうか？

原　それだけは一命に代えても。

節子　原さん……

原　陛下の御為にこのような事しか出来ない己が歯痒うございます。

嘉仁　（うわごとを呟く）原、頼りにしているぞ。

原　……お任せ下さりませ、陛下。

原、深々と一礼し、退場しようとするが一歩手前で背中を見せて立ち止まる。

節子　第十九代内閣総理大臣原敬。一月後、大正十年十一月四日、東京駅にて右翼青年の凶刃に倒れる。日本は一人の偉大な指導者を失ったのだ。

原、退場。

節子　事件より僅か十日後、事態は大詰めを迎えた。

節子のセリフ中に、裕仁、牧野、登場。節子、四竈は嘉仁の傍に移動し対峙する形になる。

牧野　原首相は、我が国にとって必要なお人でした。天皇、皇后、両陛下もさぞやお嘆きのことと思います。まことに痛ましきことです。

四竈　牧野宮内大臣、まさか原さんのお悔やみを言いに来たわけでもありますまい？　それなら原さんの御自宅にでもお行きなさい。

牧野　どういう意味か？

四竈　どうもこうもございませんよ。あそこまでしておいて陛下の御前に参上できると
は、随分と顔《かお》の皮が分厚うございますなあ。

節子　四竈、お止《よ》しなさい。

　四竈、黙るが牧野を睨み付ける。沈黙。

裕仁　天皇、皇后、両陛下に申し上げます。現役の総理大臣が暗殺され、臣民は混乱と
恐れを抱いております。そんな今だからこそ、大日本帝国の為に、為すべきことを
為し、政局を動かさねばならぬのではないでしょうか？

節子　摂政御就任のお話ですか？

牧野　殿下が摂政として臣民の前に御姿をお見せになれば、混乱も恐れもたちまち掻き
消えましょう。

節子　……殿下、もう少しお待ちいただくわけにはいきませんか？

裕仁　皇后陛下、何故待たねばならぬのでしょう？

節子　原さんも仰っていました。数ヵ月放置して事態を冷まし、その後、摂政のお話を

進める。これこそ陛下と殿下、双方の御名誉を守る方法だと。

四竈　皇太子殿下、陛下の為に今しばらくお待ちください。脳病で御引退の印象が残れば、そのことのみが歴史に刻まれましょう。

間

裕仁　母上、皇室の存在は絶対。今一度、このことを臣民に知らしめねばなりません。皇太子の肩書では不十分。あくまでも、一刻も早い摂政就任が私の望みでございます。

節子　それならば私の申すことは同じです。陛下の御許しをいただきなさい。

節子と裕仁、しばらく黙って見つめ合う。

裕仁　それでは父上に御許しをいただきましょう。

裕仁、嘉仁のすぐ近くまで行く。睦仁、登場。

裕仁　陛下、この裕仁の摂政就任をお許し下さいませ。
嘉仁　（睦仁に気が付き、言葉にならない呻き声をあげる）……
睦仁　引き際もわきまえぬとは相変わらずの愚物だ。
裕仁　陛下。
嘉仁　（呻きながら首を振る）
睦仁　お前の役割は既に終わったのだ。
嘉仁　父上……

　　威仁、登場。

威仁　殿下、良く頑張りましたな。殿下は見事に定めを果たされました。
嘉仁　（立ち上がる）……
裕仁　これよりは私が、陛下と先帝陛下の築きしこの国を背負ってまいります。
威仁　これでやっと、私も私自身の定めを果たせました。
嘉仁　（座り込み、顔を覆う）

威仁　後はごゆるりとお休みください。
裕仁　天皇陛下、どうか摂政就任の御許しを！
　　睦仁、威仁、退場。嘉仁、呻き声をあげ続ける。
裕仁　（嘉仁に顔を近付け）陛下、どうか御許しを。
嘉仁　（顔を上げ、裕仁を見て必死に首を振り呻く）
裕仁　（やや大袈裟に）……陛下、いや父上。ありがとうございます！
節子　殿下？
裕仁　皇后陛下、ただいま陛下より御許しをいただきました。
節子　……
四竈　……皇太子殿下、それはどういうことでございますか？
裕仁　聞こえなかったか？　今確かに陛下は私に「任せる」と言ってくださった。
牧野　確かに、私にも聞こえました。
四竈　私には陛下が首を横に振っているようにしか見えませんでした。
牧野　四竈君、畏れ多くも皇太子殿下が嘘を吐いていると言うのか。

四竈　貴様……
牧野　不敬であろう、控えたまえ。
四竈　貴様に不敬と言われる筋合いはない！
節子　四竈。

四竈、驚き振り返る。節子、悲しそうに微笑み首を振る。

四竈　（肩を落としうなだれる）
節子　皇太子殿下。
裕仁　はい。
節子　これで良いのですね？
裕仁　……
節子　後悔はしませんね？

間

裕仁 皇后陛下、陛下よりの御許しはいただきました。後悔するもしないもございません。

節子 ……そうですね、後のことは、殿下にお任せいたします。どうぞよろしきように。

裕仁、何も言わず、ただ深く礼をして退場。同じく牧野も退場。

節子 大正十年十一月二十五日、裕仁が摂政に就任。夫嘉仁は天皇でありながら、その実権の全てを失い、表舞台から姿を消すこととなった。その後すぐに五回目の御病状発表が為された。最早、内容についてはあまり思い出したくもない。脳を患った天皇という夫の印象は、覆すことが不可能なほど公然の常識となった、とだけ言っておこう。

四竈 ……やはり人の記憶はあやふやなもの。今では御健康であった頃の先帝陛下を語るものは稀です。

節子 でも、悪いことばかりではなかったのです。静かに最期の時間を過ごすことが出来たのですから。

四竈 五年間、皇太后陛下は先帝陛下の御傍を片時もお離れになりませんでした。

節子　そういう約束でしたから。

　　四竈、顔を伏せる。

節子　どうしたのです？

四竈　……どうしても、どうしても忘れられないことがございます。

　　嘉仁、立ち上がり、覚束ない足取りで歩行の練習を始める。軍艦マーチの最初の一節「守るも攻むるも黒鉄（くろがね）の」を繰り返し口ずさみ、自分を鼓舞し続ける。

四竈　まだかろうじて御歩きになれた頃のことです。

　　嘉仁、バランスを崩して倒れる。四竈、駆け寄る。

四竈　（助け起こしながら）陛下、お怪我はございませんか？

嘉仁　（四竈をじっと見る）
四竈　四竈でございます。侍従武官の四竈です。
嘉仁　すまない。
四竈　皇后陛下は……
嘉仁　皇后はうたた寝をしている。疲れているんだ。
四竈　はい。
嘉仁　（練習を再開する）だからこうして一人で歩く練習をしているのだ。
　　また軍艦マーチを二度ほど繰り返し、ふと立ち止まって四竈を見る。
嘉仁　軍歌は良いな。皇子たちと皆で歌ったものだ。
四竈　……
嘉仁　（また歩き出し）しかし厄介な病気だ。一節より先は、どうにも思い出せない…
…守るも攻むるも黒鉄の（またよろめく）
四竈　（支えようとする）陛下！
嘉仁　手出しはいらない。

嘉仁、独りで軍艦マーチを口ずさみながら歩き続ける。

嘉仁　（歌）守るも攻むるも黒鉄の

四竈　（続きを歌う）浮かべる城ぞ頼みなる

嘉仁　（四竈を振り返り笑う）……歌ってくれ。

嘉仁・四竈　守るも攻むるも黒鉄の

四竈　浮かべる城ぞ頼みなる　浮かべるその城日の本の　皇国（みくに）の四方（よも）を守るべし　真鉄（まがね）のその艦（ふね）日の本に　仇なす国を攻めよかし

嘉仁、歌の途中で椅子に戻り座る。

四竈　……私はこの時を思い出すと、何もかもが許せなくなります。何故に、天は先帝陛下に御丈夫な御身体を与えなかったのでしょうか？　御長寿を許さなかったのでしょうか？

節子　……

四竈　先帝陛下は素晴らしい御方でした。

節子　ええ。

四竈　しかし、このまま明治帝だけを懐かしむ世になれば、臣民は陛下を忘れます。そしてただ脳病の天皇としてしか歴史には残らないでしょう。……それが、私には口惜しゅうございます……

間

節子　四竈、先帝陛下に代わってお礼を申します。陛下は御幸せな御方です。

四竈　……皇太后陛下。

節子　分かりました、私が天皇陛下の御考えを伺ってきましょう。陛下には陛下の御考えがあるのでしょう。その上で、先帝をないがしろにすると言うなら……それも致し方ありません。

間

四竈　皇太后陛下がそうなさると仰るなら、私が言うべきことはございません。
節子　ありがとう、四竈。
四竈　すっかりと長居をしてしまいました。私はこれにて失礼いたします。
節子　そうですか？　すっかり昔話に付き合わせてしまいましたね。

　　四竈、嘉仁に最敬礼。

四竈　先帝陛下、失礼いたします。（節子に）皇太后陛下にあらせられましては、国母としていつまでも御元気であられることをお祈り申し上げます。
節子　またいつでもお顔を見せに来てください。
四竈　畏まりました。

　　四竈、退場。節子、四竈を見送り、椅子に近付く。嘉仁にではなく椅子に触り、椅子に語りかける。

節子　……嘉仁様、少し裕仁とお話をしてまいります。

節子、退場。大隈、原、登場。

大隈　天皇陛下、長らく御無沙汰を致しました。

原　陛下、そろそろ参りませんか？

嘉仁、周囲を見渡す。

嘉仁　（立ち上がり）……大隈、長生きは叶わなかった。

大隈　致し方ありますまい。これぱっかりはどうにもならぬことです。

原　後のことは後の者の責任。これからの者に託しましょう。

嘉仁　そうか……

威仁、登場。

威仁　殿下。
嘉仁　威仁親王。
威仁　努力なされましたな。
嘉仁　そうでしょうか？
威仁　立派に天皇の定めを果たされました。
嘉仁　……私をお褒め下さりますのか？
威仁　そうでございましょう、陛下？

睦仁、登場。大隈、原、威仁、畏まる。

嘉仁　陛下……
威仁　さあ陛下、殿下にお声を。
嘉仁　……陛下、私は不肖の子です。何もかも陛下の足下にも及びませんでした。

間

睦仁　嘉仁。

嘉仁　はい。

睦仁　大儀であった。今は休め。

嘉仁　……父上。

睦仁、退場。

威仁　殿下、お先にまいります。

大隈　私も参るとしましょう。

原　陛下、失礼いたします。

威仁、大隈、原、退場。裕仁、牧野、登場。嘉仁、三人を追いかけて退場。

裕仁、その背中を見送る。

牧野　当面の目標は明治節、つまり明治大帝御誕生日である十一月三日を、祭日として復活させます。この日は明治神宮を始めとする各地で大々的に祝いましょう。

裕仁 （話を聞かず、嘉仁の去った方向を見続けている）……

牧野 陛下？

裕仁 ……何だ？

牧野 何をお考えですか？

裕仁 父上の御最期を思い出していた。

牧野 ……

裕仁 穏やかな、実に良い御顔だった。あれはまだ御元気だった頃の御顔だったよ。……私はどんな顔をして死ぬのだろうな？

牧野 ……その御質問にはお答え致しかねまする。

裕仁 何の話だったか？

牧野 明治節です。

裕仁 ああ、それは盛大にやろう。

牧野 はい。

裕仁 明治帝御誕生日、十一月三日は明治節。私の誕生日、四月二十九日は天長節。

牧野 本年より、双方共に重要な祭日として、国を挙げて祝いましょう。

裕仁 それで去年までの天長節、父上の御誕生日はどうなる？

牧野　本年より、先帝陛下御誕生日八月三十一日は平日でございます。
裕仁　……露骨だな。
牧野　お気に召しませんか？
裕仁　いや、構わない。それくらい分かり易くやれば、臣民も気が付くだろう。
牧野　昭和とは、栄光の明治の再来。
裕仁　大正の御世は既に過去である。……それで良いのだろう？
牧野　はい。それでこそ陛下の素晴らしき治世が始まります。
裕仁　お前は恐ろしい男だな。
牧野　……私はただ、皇室と大日本帝国の未来を考えているだけです。
裕仁　だからこそお前は頼りになる。……先帝陛下は御生まれになる時代が早すぎたのかもしれないな。
牧野　……御意にございます。

節子、登場。

節子　御機嫌よう、陛下。

裕仁　皇太后陛下。
節子　陛下、少しお話ししたきことがございます。よろしいでしょうか？
裕仁　勿論です。
牧野　皇太后陛下、私からも御説明いたします。
裕仁　牧野、下がってくれ。
牧野　……
裕仁　余人を交える必要はない。
牧野　承知仕りました。

　　牧野、礼をして退場。沈黙。

裕仁　お話というのは明治六十周年の件でしょうか？
節子　……
裕仁　それにつきましては、私も折れるわけには参りません。
節子　陛下、そうではありません。
裕仁　……では？

節子　陛下の父上のお話です。
裕仁　……
節子　あなたの父は、明治帝唯一の皇子であるということの他に何も持っておりませんでした。体は弱く、学問は苦手。時と場合を考えて振る舞うのも苦手。幼い頃から、明治帝や重臣どもから、未来の天皇に相応しからずと叱られ続けました。
裕仁　何を仰っているのですか？
節子　つまりあなたの父は、優れたお人ではありませんでした。
裕仁　……
間
節子　ただあなたの父は、より良くあろうと努力をする人でした。己の足らざるを知り、たとえ叶わなくとも、努めることを決してやめませんでした。
節子　天皇陛下、輝かしい明治の再来も結構なことと存じます。しかし、なりふり構わずことを進めれば、先帝陛下はもう一度死ぬのです。

裕仁、聞いていられなくなり、顔を反らし移動する。

節子　(そのまま裕仁の背中に) あなたはもう一度、あなたの父を葬るのですか?

嘉仁、登場。遠くから二人の様子を見守る。

裕仁　(振り返り) 皇太后陛下、先帝陛下のような自由で優しい天皇は、この大日本帝国には無用の存在なのです。

節子　そうでしょうか?

裕仁　世相を御覧ください、世界は戦争が始まる前よりも遥かに危険になりました。いつまたあのような戦争が始まるか。その時にこの国に必要なのは強い天皇です。

節子　……そうなのかもしれませんね。

裕仁　ですから私はあえて非情な決断をしたのです。強い帝となってこの国に君臨することを。

節子　それがあなたの道なのですね?

裕仁　明治大帝から引き継いだこの道を、私は自分の足で歩んで参ります。

節子　その御言葉、先帝陛下がお聞きになればさぞやお喜びになるでしょう。

裕仁　……皮肉でございますか？

節子　覚えているでしょう？　優しかった父を。

裕仁　……

節子　陛下だけがそのことを覚えていてくだされば、私は何も言うことはございません。

裕仁　……

節子　子が自分の力で歩くことを喜ばぬ親はおりませんよ。たとえそれが自分とは違う道でもです。

裕仁　……

節子　今日は陛下の御考えが聞けて嬉しゅうございました。

節子、退場しようとする。

裕仁　母上。

節子　（振り返る）

裕仁　……

節子　どうかなさいましたか？
裕仁　叱ってはくださらないのですか？　私は父上を裏切りました。しかし、私は天皇です。情を捨てねばなりません。
節子　……そうですか。
裕仁　時に全てを投げ出したくなります。
節子　（鋭く）裕仁。
裕仁　はい。
節子　先帝陛下は、天皇である定めから逃げませんでした。あなたも逃げてはなりません。良いですね？　それだけは決して許しません。

間

裕仁　承知いたしました、皇太后陛下。
節子　お行きなさい。しっかりと御自分の足で歩いてください、あなたは私達の子なのですから。

裕仁、礼をして退場。

節子　嘉仁様。あなたに似て優しい天皇陛下です。

嘉仁、節子に近付く。

嘉仁　節子。君には苦労をかけた。
節子　いいえ、楽しい日々でした。
嘉仁　怒る時も、泣く時も、笑う時も一緒、だっただろうか？
節子　私はずっとそのつもりでおりました。
嘉仁　そうか、それなら良かった。

嘉仁、節子から遠ざかる。

節子　嘉仁様。
嘉仁　なんだ？

節子 ……なんでもございません。

嘉仁、節子に微笑みかけ、退場。

節子 ご機嫌よう、嘉仁様。

節子、ゆっくりと歩き出す。

節子 かつて大正という短い時代があった。夫嘉仁の記憶はそう遠くない未来忘却の彼方に消え去っていくことだろう。でもそのことは大した問題ではない。（胸を押さえ）真実の夫はここにいる。それだけで充分だと私には思えるのだから。

終幕を思わせる音楽。やがて暗転。だが急に音楽が消え舞台が明るくなる。自信に満ち溢れた様子の裕仁が椅子に座り、牧野が傍に控えている。群衆の歓声が小さく聞こえてくる。

牧野　さあ陛下、臣民が待ちかねております。
裕仁　（黙って立ち上がる）
牧野　お進みください、これより新しい治世が始まるのです。
　軍楽隊の奏でる「君が代」が始まる。裕仁、ゆっくりと歩を進める。熱狂する群衆の歓声は段々と大きくなる。
牧野　天皇陛下万歳！　天皇陛下万歳！　天皇陛下万歳！
　数十万の群衆が万歳三唱に和す声が聞こえ、その歓声はやがて数十万の軍靴の足音に変わっていく。裕仁の歩みは「君が代」と軍靴の足音によって祝福される。やがて舞台が暗くなる。

終

参考文献

『治天ノ君』の構想・執筆に際し、下記の資料を参考にいたしました（順不同、敬称略）。各著作の作者及び著作権保持者に深い感謝の意を表します。

原武史『大正天皇』二〇〇〇年、朝日新聞社
古川隆久『大正天皇（人物叢書）』二〇〇七年、吉川弘文館
工藤美代子『国母の気品―貞明皇后の生涯』二〇〇八年、清流出版
フレドリック・R・ディキンソン『大正天皇―一躍五大洲を雄飛す』二〇〇九年、ミネルヴァ書房
別冊歴史読本『明治・大正・昭和天皇の生涯』二〇〇一年、新人物往来社
成田龍一『大正デモクラシー』二〇〇七年、岩波書店

『治天ノ君』語句解説　作成＝古川健

【皇室関連】

呼称　天皇の妻が皇后、天皇の母が皇太后（こうたいごう）、先帝（せんてい）は先代の天皇、ここまでの敬称が陛下（へいか）。天皇の跡取り息子が皇太子、その妻は皇太子妃、皇孫（こうそん）は天皇の孫。親王（しんのう）・王は皇族の男子、ここまでの敬称は殿下（でんか）。

現人神（あらひとがみ）　「この世に人間の姿で現れた神」「人間でありながら、同時に神である」という語義。帝国憲法下では天皇はこう位置づけされていた。

摂政（せっしょう）　古くは聖徳太子や藤原氏が就いた、幼少や病弱な天皇に成り代わり公務を執り行う役職。近現代の法制で摂政に就任したのは裕仁親王（後の昭和天皇）ただ一人である。

東宮（とうぐう）　皇太子の別称。東宮職は皇太子に仕える機関。東宮輔導（とうぐうほどう）は大正天皇の為に新設された教育係。東宮御所は皇太子の住居。

侍従（じじゅう）、**侍従武官（じじゅうぶかん）**　侍従は天皇を始めとする皇室の傍に仕える役職。侍従武官はその役目を果たす現役軍人。

巡幸（じゅんこう）、**巡啓（じゅんけい）**　巡幸は天皇が地方を公式に訪問する事。巡啓はそれが皇太子の場合。

天長節（てんちょうせつ） 戦前までの天皇誕生日の呼称。祝日とされ祭典が催された。明治天皇誕生日十一月三日は文化の日、昭和天皇誕生日四月二十九日は昭和の日として現存している。

【政界関連】

藩閥 山縣有朋、伊藤博文、黒田清隆、松方正義等、おもに明治維新の立役者薩摩・長州両藩の出身者、及びその庇護を受ける者たちのグループ。陸海軍や官僚に大きな勢力を誇っていた反面、国民からは不人気だった。

政党 藩閥から追い出された、板垣退助・大隈重信等と藩閥に反発する国民とが結びついて誕生した政治勢力。大きく板垣系と大隈系の二つに分かれる。

立憲政友会 単に政友会と呼ばれる。板垣系の政党が伊藤博文の肝いりで合流し、日本初の保守政党として帝国議会に大きな力を持った。原敬は第三代の総裁。

名前だけ出てくる重臣たち 西郷隆盛・大久保利通・木戸孝允　維新三傑、明治十年前後に相次いで死亡。

山縣有朋・伊藤博文・黒田清隆・松方正義・井上馨 三傑に次ぐ世代。藩閥政治の主人公。

板垣退助 薩長より政界から追い出され、自由民権運動と繋がり、政党政治の道を開く。

西園寺公望 晩年政党に興味を持った伊藤博文の継承者。二度の首相経験者。

【歴史事件】

日清戦争と日露戦争 一八九四〜一八九五と一九〇四〜一九〇五、清（中国）とロシアを相手取って日本が戦った戦争。この二度の戦争に勝利したことにより日本は列強の一国として世界に認められるようになる。反面、その為に数十年間、国力を戦争に勝つ為だけに消費した反動が戦後社会を覆うようになる。

第一次世界大戦 一九一四〜一九一八、単に世界大戦、欧州大戦とも呼ばれる。初の世界戦争で、人類が経験した初の総力戦。この戦争により世界は大きく変革した。ヨーロッパ全体が疲弊し、ドイツ・オーストリア・ロシア・オスマントルコでは革命により皇帝が追放された。戦場の遠い日米は漁夫の利を得た。戦後のヴェルサイユ体制は第二次大戦への大きな火種として残る。

【基本的な用語】

臣民（しんみん） ＝日本国民。全ての日本人は天皇の臣下であるという考えを基にした語。

元老（げんろう） 元勲とも。大日本帝国の法制外のポストだが、強大な権力を持っていた。新首相指名も天皇と元老が会議で決めていた。ほとんどが薩摩・長州出身者で首相経験者。代表格は山縣有朋、伊藤博文、黒田清隆、西郷従道等。

内務大臣、宮内大臣、内大臣 名前は似ているが全部違う役職。内務大臣は内務省（現在はない）を統べ、警察や地方自治体を統括していた。宮内大臣は現在の宮内庁長官。内大臣は更に宮廷の内側で天皇の側近。宮内大臣と内大臣は大臣とついているが内閣の一員ではない。

殖産興業（しょくさんこうぎょう）富国強兵（ふこくきょうへい） 明治期の一大スローガン。国を西洋列強国から守る為に、産業を興し、国を富ませ軍備を整える。明治期、このスローガンのもとあらゆる国民生活がその犠牲になった。

君臨すれども統治せず イギリスの慣習法。この原則に則って欧州の進歩的な王国は、国王の存在と近代的民主主義を両立させている。立憲君主制国家の理想形の一つ。

『治天ノ君』関連年表

一八七九年（明治十二年）、八月三十一日
大正天皇嘉仁、明治帝の第三皇子として東京にて誕生。生母は典侍、柳原愛子。健康に恵まれず、年明けまで重い病気を患い生存すら危ぶまれた。
一八八〇年（明治十三年）
皇室の風習により、中山忠能邸に里子に出される。
一八八五年（明治十八年）、三月
青山御所に戻る。年の近い皇子皇女が死亡していた為、家族との接触がなかった。
一八八七年（明治二十年）、八月三十一日
八歳の誕生日、正式な明治帝の継嗣（儲君）となる。
同年、九月
学習院に入学。多病の為、学業は進まず留年することもあった。
一八八九年（明治二十二年）
皇室典範制定により、皇太子となる。
一八九四年（明治二十七年）
健康状態の悪化で学習院を中退。以降、個人教授による教育を受ける。

一八九九年（明治三十二年）
有栖川宮威仁が東宮輔導に任じられ、皇太子教育の責任者になる。
一九〇〇年（明治三十三年）、五月十日
九条節子と結婚。妃と共に三重、奈良、京都を公式巡啓。
同年、十月
有栖川宮と北九州巡啓。
一九〇一年（明治三十四年）、四月二十九日
節子、昭和天皇裕仁を出産。
一九〇二年（明治三十五年）、五月
有栖川宮と信越北関東巡啓。
一九〇三年（明治三十六年）、六月十二日
有栖川宮、東宮輔導を辞任。静養の為、葉山へ隠棲。
一九〇四年（明治三十七年）
日露戦争勃発。
一九〇五年（明治三十八年）
日露戦争終結。この頃より明治帝の代役を務めることが増える。
一九〇七年（明治四十年）、十月
韓国行啓。初の皇太子外遊。
一九一二年（大正元年）、七月三十日
明治帝崩御を受け、天皇位に就き、元号を大正に改める。

一九一三年（大正二年）、七月五日
有栖川宮威仁、肺結核の為薨去。
一九一四年（大正三年）、四月
第二次大隈内閣が成立。
同年、七月
第一次世界大戦勃発（〜一九一八年）。日本も連合国として参戦。
一九一六年（大正五年）、十月
首相大隈が辞表を提出。大隈重信は政界より完全に引退。
一九一七年（大正六年）
この頃より、体調が悪化。体の変調が少しずつ周囲にも分かるようになる。
一九一八年（大正七年）、九月
原内閣成立。原敬、日本初の本格的な政党内閣を作る。
一九一九年（大正八年）、八月
病気が目に見えて悪化。日常生活にも支障をきたし、公務にも出席が不可能になる。
一九二一年（大正十年）、二月十九日
牧野伸顕、宮内大臣に就任。
同年、三月
皇太子裕仁、半年の予定で欧州外遊に旅立つ。
同年、九月四日
皇太子裕仁、帰国。日本中が慶びに沸く。
同年、十月四日
第四回目の天皇御病状発表。
同年、十一月四日
首相原敬、東京駅にて右翼青年により暗殺。
同年、十一月二十五日
皇太子裕仁、摂政に就任。天皇の実権は全て裕仁に移譲される。
一九二二年（大正十一年）、一月十日
大隈重信、胆石症の為に死去。日比谷公園で国民葬が行われる。
一九二五年（大正十四年）、三月
牧野伸顕、内大臣に転ずる。以降十年この職に留まり、宮廷で大きな発言力を持つ。
一九二六年（昭和元年）、十二月二十五日
葉山御用邸にて、大正天皇嘉仁崩御。裕仁が天皇位に就き、元号を昭和と改める。
一九二七年（昭和二年）十一月三日
明治天皇誕生日が明治節として祭日に復帰。八十万人が明治神宮に参拝した。この時期より、名君明治帝を偲ぶ風潮が広まり、明治ブームが起こる。

追憶のアリラン

【登場人物】

豊川千造……………………………朝鮮総督府平壌地方法院検事局三席検事
豊川咲子……………………………千造の妻
中垣飛松……………………………朝鮮総督府平壌地方法院検事局首席検事
緒方武夫……………………………同　次席検事
川崎豊彦……………………………同　四席検事
荒木福次郎…………………………朝鮮総督府平壌憲兵隊長
朴忠男（ぼくただお　パク　チュンナム）……検事局朝鮮人事務官
金公欽（キム　ゴンフム）…………人民裁判委員
李孝三（イ　ヒョサム）……………人民裁判取調官
任白龍（イム　ペクリョン）………看守
崔承化（チェ　スンファ）…………人民裁判朝鮮側証人
崔仁恵（チェ　インフェ）…………承化の娘

暗闇の中、古いラジオニュースの音声が聞こえてくる。昭和二十八年、日本国内のとある家庭の居間。男が一人晩酌を傾けている。男の名は豊川千造。なお全編を通じて様々な空間、時系列で物語は語られる。その為、作り込んだ舞台美術は不要である。ちゃぶ台のみ、椅子のみ、というように必要最低限の物で空間を表現する。また同時に違う空間を描けるように複数の演技スペースを用意する。高さを利用した複層的なデザインも効果的である。

千造　おい、もう一本つけてくれ。

千造の妻咲子、登場。

咲子　お父さん、もう片付けますよ。

千造　もう一本だけつけてくれないか?

咲子　……仕方ないわね。

咲子、お銚子を持って退場しようとする。丁度その時、ラジオから朝鮮戦争の停戦を伝えるニュースが流れる。

音声　続いてのニュースです。今日七月二十七日午前十時、板門店（はんもんてん）にて国連軍代表ウィリアム・K・ハリソン・ジュニア中将と朝鮮人民軍代表兼中国人民志願軍代表ナム・イル大将が休戦協定に署名。かねてより、「休戦に関するあらゆる問題について合意に達した」とされていた、朝鮮戦争休戦協定がこれによって発効されました。足かけ三年に及んだ朝鮮動乱は今日、停戦を迎えました。国連軍総司令官マーク・W・クラーク大将が正式署名を行い、北朝鮮のキム・イルソン及び中国人民解放軍の彭徳懐（ほうとくかい）の署名をもって、全ての手続きが完了する模様です。

二人、ラジオに耳を傾ける。しばらくそうしている。

咲子　朝鮮動乱、長かったですね……

千造　……ああ。

咲子、退場。千造、しばし物思いにふけるが、やがてアリランを歌いだす。
最初は鼻歌だが段々と声が大きくなる。

千造　アーリラン　アーリラン　アーラアリーヨー　アーリランコーゲーロ　ノーモカンダ　ナルル　ポリゴ　ガシヌン　ニムン　シプリド　モッカソ　パルビョンナンダ

千造のかつての部下、朴忠男、登場。

朴　豊川検事、朝鮮には慣れましたか？

千造　…………

朴　こちらの冬は日本とは比べ物になりません。どうぞ御身体を壊さないよう、お気を付けください。

千造　…………

朴　何か御不自由があれば何でも仰ってください。私にできることなら喜んでお力になりますから。

咲子、お銚子を持って登場。朴、退場。

咲子 どうかしたんですか？
千造 朴君はどうしてるだろうってね……
咲子 はい、どうぞ。（酌をする）

千造、黙って盃をする。

咲子 停戦になったらどうなるのかしら？
千造 朝鮮か？
咲子 ええ。
千造 戦争前と何も変わらんさ。北はソ連の子分で、南はアメリカの手下のままだ。
咲子 ……私達の住んでいた家はどうなったのかしら？
千造 さあな。確かめようもない。
咲子 そうね。

千造　当分、北には行きたくとも行けないだろうな。
咲子　でも……あそこにはあの子が眠っているから。

千造、何も言わず退場。咲子、食卓を片付け始める。千造と同じくアリランを口ずさむ。朴、登場。

朴　このアリランという歌はアリラン峠を越える人の心を歌った朝鮮民謡です。
咲子　綺麗な歌ですね。
朴　御主人、大丈夫ですか？
咲子　床に就くなりいびきをかいて寝ています。
朴　だいぶお過ごしになってましたからね。
咲子　（頭を下げる）すいません、わざわざ送っていただいて。
朴　いえ、私は豊川さん付きの事務官ですから、これも仕事のうちです。
咲子　本当にありがとうございます。……えーっと……
朴　朴です。朴忠男（ぼくただお）と申します。
咲子　ありがとうございます。朴さん。

朴 いいえ、では私はこれで。
咲子 あの、朝鮮読みだと、お名前は？
朴 ……パク・チュンナムです。
咲子 ではパク・チュンナムさん。
朴 （慌てて）奥様、結構です。どうか朴とお呼びください。他の目もありますから。
咲子 そうはいきません、主の前では日本人も朝鮮人も平等です。
朴 ……奥様はクリスチャンですか？
咲子 はい。
朴 これは奥様の為に申し上げます、あまりクリスチャンであることを公言しない方がよろしいかと。
咲子 え？
朴 失礼します。

朴、退場。

咲子 寒い冬、乾いた風、オンドルの暖かさ、カササギの鳴き声。あの土地でのことは、すぐ昨日のことのようでもあり、また遠い過去のことのようでもある。私たち一家が海を渡った昭和十六年、その土地、朝鮮北部の中心都市平壌府（へいじょうふ）。そこは我が大日本帝国の支配する土地だった。

背広姿の千造、登場。平壌地方法院検事局の三人、中垣飛松、緒方武夫、川崎豊彦登場。

千造　豊川千造です、どうぞよろしくお願いします。

中垣　着任お待ちしてました。私が一応首席の中垣飛松です。で、次席の緒方武夫検事。今日から三席は豊川検事。で、四席の川崎予備検事。

川崎　豊川さん、いらっしゃい。平壌へようこそ。（握手を求める）

千造　（握手に応じて）ありがとう。

川崎　四人きりですから、仲良くやりましょう。

中垣　豊川君、出身は？

千造　四国の高知です。

中垣　南国土佐かぁ……

緒方　私は愛媛だよ。
千造　そうですか！　お隣ですね。
中垣　こっちの冬は寒いぞ。
千造　そうなんですか？
緒方　ああ。京城（けいじょう）とは大違いだよ。
川崎　ちょっと脅かさないでくださいよ。
千造　こちらでの生活も含めて、色々ご教授ください。
中垣　任せたまえ。
緒方　私と中垣さんは平壌だけでも十年を超えるからね。
川崎　内地には戻れないのですか？
中垣　聞きにくいことを聞く男だなぁ。
川崎　いや、僕はこっち生まれで大学も京城帝大でしたから。内地は帰るとこじゃなくて行くところなんですけど、皆さんはそうじゃないでしょう？
中垣　まあこればっかりは上次第だからなぁ。
緒方　退官したら嫌でも帰ることになるしね。

平壌憲兵隊長である荒木福次郎憲兵大佐登場。四人、気をつけの姿勢を取ろうとするが、荒木が手振りでそれを制す。

荒木　結構結構。新任の顔を見に来ただけだ。
中垣　大佐、新任で内地から来た豊川検事です。豊川君、こちらは平壌憲兵隊長の荒木大佐、頭を下げるべきお偉いさんだ。
千造　豊川千造です。
荒木　荒木だ。よろしく頼む。
千造　はい。
荒木　朝鮮配属を希望したそうだな？　どうせ働くなら内地の方が良いだろう？
千造　私は内地より、ここ朝鮮で大東亜共栄圏の理想を追求したいと思いました。
荒木　立派なことだ、豊川検事。
千造　ありがとうございます。
荒木　平壌では日本人の数も少ない。その分、我々一人一人が大日本帝国の代表者であり、畏れ多くも（直立不動）
他四人　（倣って直立不動）

荒木　天皇陛下の御威光をこの地で朝鮮人どもに示さねばならん。
千造　はい。
荒木　住民にあまり甘い顔を見せ過ぎないよう注意してくれよ。
千造　……荒木大佐。
荒木　何か？
千造　私は内鮮一体を目指し、日本人と朝鮮人の区別なく大日本帝国の臣民として扱うように命じられました。
荒木　……それがどうした？
千造　ですからこの平壌の住民は全て慈しむべき帝国臣民であると考えます。
荒木　君は本当に立派な男だなぁ……
朴の声　失礼します。
荒木　入れ！

朴、登場。黙って一礼。

荒木　豊川検事付きの事務官だ。

朴　朴忠男と申します。よろしくお願い申し上げます。
千造　豊川です。よろしく。
荒木　豊川君、大学は？　やはり帝大か？
千造　いえ、恥ずかしながら私学です。
荒木　事務官の朴は京城帝大だよ。そうだろ、朴？
朴　はい。
荒木　それも首席に近い優秀な成績で卒業した。
千造　そうですか。
荒木　だがどんなに頭が良かろうが、君と朴の上下関係が入れ替わる事はない。それは何故か？　君が日本人で、朴が朝鮮人だからだ。
千造　………
荒木　確かに内鮮一体、朝鮮は大日本帝国の一部。であればこそ、朝鮮人であることを理由にして特別扱いする必要はない。我々は等しく大日本帝国の臣民なのだからな。なあ朴、我々に不満があるか？
朴　とんでもございません。
荒木　（千造に）だそうだ。

千造 …………

荒木 では失礼するよ、諸君。より一層職務に励んでくれ。

中垣 勿論ですよ、大佐。

荒木、退場。朴だけ丁寧に頭を下げる。

緒方 ……豊川君。あまり憲兵には口答えしない方が良いよ。

千造 …………

中垣 豊川君、今日はもう戻って良いよ。明日からよろしく頼む。

川崎 お疲れ様でした。

緒方 細君にもよろしく。どうせ同じ官舎住まいだから仲良くやろう。

中垣、緒方、川崎、退場。

千造 朴君……。

朴 どうぞお気になさらず、荒木大佐はああいう方ですから。

千造　同じ日本人として恥ずかしい。

朴　（周囲を気にして）豊川さん、滅多なことは仰らないでください。日本人のあなたより、それを聞いた私の立場の方が拙くなります。

千造　え？

朴　私は何も聞きませんでした、そういうことにしてください。

千造　……すまん。

朴　謝る必要はありません、むしろ豊川検事のような方と御一緒できて光栄です。どうぞよろしくお願いします。

千造　ああ、よろしく。

朴、退場。

千造　戦争前も戦争中も、朝鮮は静かだった。いや、私に見える範囲では静かだったと言うべきなのだろうか。……全てが崩壊する昭和二十年八月まで、私達一家は比較的平穏な日々を過ごせていたのだ。

千造、退場。金公欽（キム　ゴンフム）、登場。昭和二十年八月十日、平壌の街。軍に先んじて日本人官僚を裁くためにソ連から派遣された人民裁判委員の執務室。部下で取調官の李孝三（イ　ヒョサム）登場。

李　失礼します。

金　入りたまえ。

李　抗日戦線出身のイ・ヒョサムです。日本人裁判の取調官を務めます。

金　人民裁判委員のキム・ゴンフムだ。

李　よろしくご指導ください。

金　ずっと朝鮮内で抗日運動を？

李　いいえ、満州側に拠点を作り、そこから潜入してゲリラ戦をしていました。

金　私はソビエトに亡命していた身だ。国内事情には疎い。頼りにしているよ。

李　はい、全力を尽くします。（書類を金に渡す）拘束すべき日本人の名簿です。

金　（書類に目を通す）

李　行政官、警官、軍人、司法官、日本の公人はあらかた網羅されております。

金　（書類を李に返す）良いだろう、直ちに逮捕してくれ。

李　は！

金　もう逃げられたなら仕方ない、だがこれ以降は断じて逃亡させるな。

李　お任せ下さい。軍人以外の役人は大部分38度以北に留まっております。

金　よろしい。それとリンチはできる限り避けたい。地方によっては警察や役場を標的にした暴動が始まってるそうじゃないか。

李　はい。しかし、私にも彼等の気持ちは理解できます。

金　ピョンヤンや都市部での暴動は拙い。我々に統治能力がないと宣伝しているようなものだ。

李　分かりました。まずは保安隊の組織化を急ぎます。

金　そうしてくれ。

李　並行して日本人の逮捕を進めます。

金　（ニヤッとして）同志の復讐心はその仕事を通じて晴らしたまえ。建前上、仕事に則ってさえいれば構わんよ。

李　ありがとうございます。

金　私は他の人民委員と会議がある。後は頼んだぞ。

金、退場。

李　偉そうに……ソビエトの犬が。

任の声　（ノックの音がして）入ってよろしいでしょうか？

拘置所看守、任白龍（イム　ペクリョン）登場。

任　イム・ペクリョン、出頭しました。

李　……………

任　キム人民裁判委員でしょうか？

李　いや、違う。キム同志なら今さっき出て行った。（任の顔をまじまじと見る）

任　（居心地悪そうにしながら）そうでしたか、失礼しました。

李　俺とどこかで会ったことはないか？

任　……いや、ちょっと覚えがありません。

李　仕事は？

任　……………

李　仕事は？
任　……答える必要がありますか？
李　俺はピョンヤンの人民裁判の取調官、イ・ヒョサムだ。お前の仕事はなんだ？
任　……ピョンヤンの拘置所看守です。
李　それでか。俺は抗日戦線のゲリラ兵だった。日本人にあそこで拷問されたことも一度や二度じゃない。
任　……それは日本人のやったことです。
李　俺はまだ良い、俺の仲間はほとんどあの拘置所から出られずに死んだ。
任　ですから……
李　（遮る）お前は残虐な日本人に取り入って生きてきたんだろう？　日本人の手先が何をしに来た？　死にに来たのか？
任　日本に雇われていた者に出頭命令が出ました。私以外の同僚は怖がって南へ逃げていきました。
李　お前は逃げなかったのか？
任　私は身一つで逃げるには歳を取り過ぎました。逃げ切れるとも思えません。
李　そうか。

任　私は家族を養う為に日本に雇われていただけです。拘置所でも日本人の残虐な拷問に加わったことはありません。信じて下さい！

間

李　イム同志は祖国を裏切らなかった。そうだろ？

任　はい、その通りです。

李　それなら同志のことは私から取り成しておこう。お咎めなしで今の仕事を続けられるはずだ。

任　ありがとうございます！

李　……ところでイム同志。

任　なんでしょう？

李　あと数日もすれば、君の拘置所にも日本人の戦犯どもが沢山送り込まれて来るだろう。まったく良い気味だな。

任　はい……

李　……日本人を許すな。

任　…………

李　それさえできれば君の地位は安泰だ。分かるね？

　間

任　分かりました。

李　よしでは行くとしよう。

　李、退場。任、それを追いかけて退場。咲子、登場。自宅。窓から外を不思議そうに見ている。千造、登場。昭和二十年八月九日夜。

千造　まだ起きてたのか？

咲子　あれ？　どうしたのかしら？

千造　どうした？

咲子　こんな時間なのに明りがついてるお宅が多いわ。

千造　本当だ。

ノックの音。千造、咲子、驚く。やがて朴の声が聞こえる。

朴の声 豊川さん。豊川さーん。朴です。開けて下さい。

千造 どうして？

咲子 いい？

千造 ああ、頼む。

咲子、退場。少しして朴を連れて戻ってくる。

千造 どうした？

朴 裁判所に集合命令です。

咲子 こんな時間にですか？

朴 はい。至急です、お急ぎください。

千造 分かった。

咲子 何があったんですか？

千造　朴君、君は？
朴　川崎さんの所に寄ってから戻ります。
千造　分かった、ありがとう。行ってくれ。
朴　では失礼します。

朴、退場。

千造　咲子、荷造りをしてすぐにでもここを発てるように準備をしておいてくれ。
咲子　え？
千造　大事なのはお金と衣類と日持ちする食べ物だ。重い物かさばる物は全部置いていくんだ。
咲子　一体、何があったんですか？
千造　……多分、戦争は終わる。
咲子　え？
千造　とにかく裁判所に行ってくる。（退場しようとする）
咲子　お父さん！

千造　（立ち止まる）
咲子　お気を付けて。
千造　……もしもの時は子供達を頼む。
　千造、退場。咲子、千造を見送ってから退場。荒木、中垣、登場。裁判所内
　検事局。
荒木　（イライラしている）遅いな、何やってるんだ。
中垣　まあそう焦らんことです。我々が焦ったところでソ連の進軍は遅くなりません。
　緒方、登場。
緒方　遅くなりました。
中垣　ご苦労さん。
荒木　他の二人はどうした？
緒方　朴君が呼びに行ってます。

荒木　朴がわざと遅らせてるんじゃないだろうな？
緒方　まさか。
中垣　朴君に限ってそれはありませんよ。
荒木　君等は随分と奴を信用しているようだが、あれはれっきとした朝鮮人だぞ。
中垣　そんなことは百も承知です。それでも朴君はそういう人間じゃない。

千造、登場。

千造　何事ですか？
荒木　遅いぞ、豊川。
千造　大佐、失礼しました。
緒方　それで何事です？
荒木　ソ連が参戦したぞ。満州北部は恐らく地獄だ。

川崎、朴、登場。

朴　遅くなりました。
荒木　日本人だけで話をする。出て行ってくれ。
朴　承知しました。（退場しようとする）
千造　朴君、出て行く必要はないよ。
荒木　豊川検事……
千造　荒木大佐。この緊急時に検事局事務官たる彼を外す方が理に適っておりません。
朴　（困って）豊川さん、私は外します。
千造　その必要はない。君も大日本帝国の立派な一員だ。
荒木　何が一員だ。そいつ以外の朝鮮人はソ連の参戦を知った瞬間に皆逃げ出したぞ。
川崎　（緒方に）ソ連が？
緒方　（頷く）
千造　それは彼を不当に貶める理由にはなりません。
中垣　（仲裁に入る）落ち着けよ、今は言い争ってる時間も惜しい。
緒方　（目配せして）朴君……
朴　分かりました。失礼します。（出て行こうとする）
中垣　朴君、すぐ呼ぶから出たところで待っていてくれないか？

朴　はい。

　　　朴、退場。

中垣　大佐、これでよろしいでしょう？
川崎　ソ連が参戦って、関東軍が迎え撃ってるのでは？
荒木　関東軍？
川崎　我々は関東軍七十万によって満州の守りは鉄壁であると教わってきました。
荒木　それは昔の話だ。関東軍の精鋭はほとんどが南方に引き抜かれたんだ。戦う前からがたがただよ。
中垣　なるほど。
緒方　内地からの指示はありましたか？
荒木　極力書類を破棄した後に後退せよ、とのことだ。
中垣　後退する手段はありますか？
荒木　取りあえず京城から釜山（ふざん）に至る避難列車を編成中だ。朝には出発できる。

川崎　では我々はそれに？
中垣　そうはいかんだろう。
緒方　そうですね。
川崎　え？
中垣　我々は公人として責任のある立場だ。いの一番に逃げ出すわけにはいかんだろう。
川崎　中垣さん……
中垣　川崎君、我々役人が真っ先に逃げ出したりしたらどうなる？
千造　民間の混乱に拍車をかけることになるでしょうね。
緒方　一度そうなってしまったら誰にも修正はできない。
中垣　助かる命も助からなくなるかもしれない。
川崎　……はい。
緒方　民間人を守るのも私達の仕事だ。
千造　ここはどっしり構えようじゃないか、川崎君。
荒木　（大袈裟に）流石だな、君等は帝国臣民の鑑だ。君等を誇りに思う。
中垣　煽てたって何も出やしませんよ。
緒方　荒木大佐。我々のことはさておき……

千造　そうです、我々の家族のことです。
中垣　それは勿論汽車に乗せて頂けるんでしょうね？
荒木　勿論だ、もともと裁判所職員と家族は乗り込めるようにしてある。朝までに平壌駅に集合させてくれ。私も駅に向かう。
千造　分かりました。
荒木　よし、私はまだ回るところがある、これで失礼させてもらうよ。
中垣　大佐、家族の避難のことはしっかりと頼みますよ。

荒木、退場。四人、しばらく顔を見合わせる。やがて川崎が呆れたように口を開く。

川崎　あれ、自分も汽車に乗る気ですね。
中垣　まったく、予想を裏切らない男だったね。

四人、笑う。そこに朴、登場。笑っている四人を見て戸惑う。

川崎　おかげで腹が据わりましたよ。荒木さんに感謝しないと。
中垣　まずは検事局の書類破棄だけど。
千造　それは私がやります。皆さんは一度官舎に戻ってご家族を手伝って下さい。
中垣　そうはいかんだろう。
千造　奥さん、まだお体がよろしくないそうじゃないですか？　それに、緒方さんのお宅はお母様がいるじゃないですか。奥さん一人じゃ大変ですよ。
川崎　じゃあ僕も残ります。幸い気軽な独り身ですしね。
中垣　そうしてもらえるなら助かるが……
朴　私にも何かお手伝いさせて下さい。
中垣　……朴君。
朴　はい。
中垣　今まで良くやってくれた。君の働きには感謝している。
朴　中垣検事……
中垣　これ以上我々に付き合う事はない。と言うよりこれ以上我々に付き合わせたら君まで酷い目に遭いかねん。
朴　………

中垣　取りあえず過去を隠して遠くに移動しておいた方が良いんじゃないか？
千造　今は時間が惜しい。動きましょう。
川崎　そうですね、ではここは我々に。
緒方　ありがとう。
中垣　家族を見送ったら戻ってくるよ。よろしく頼む。
千造　ええ、お気を付けて。

中垣、緒方、足早に退場。千造、川崎、それを見送る。

川崎　どうします？
千造　取りあえず裁判記録を全部集めて燃やそう。
朴　私もお手伝いします。
千造　……君はこれからどうするつもりなんだ？
朴　事が済んだらソウルの、京城の両親のところに帰るつもりです。
千造　それなら一つ頼まれてくれないか？
朴　何でしょう？

千造　家内を手伝ってやって欲しいんだ。
朴　どういうことですか？
千造　今頃子供をなだめすかしながら大焦りで荷造りをしているはずなんだ。
川崎　……だったら残るなんて言わなきゃ良かったじゃないですか。
千造　朴君、頼めるかい？
朴　……分かりました、豊川さん。奥様のお力になります。
千造　一応、言っておくけど、戻ってこないでくれよ。
川崎　御両親を安心させてやってくれよ。
千造　家族を頼む。

　　朴、力強く頷くとそのまま黙って退場。

川崎　さてこっちも仕事を片付けますか。

　　川崎、退場。

千造　咲子……すまん。

千造、退場。金、李、登場。人民裁判委員執務室。八月二十日頃。

李　（書類を渡す）これが今現在、拘束している日本人の名簿です。
金　（目を通さず）ご苦労。引き続き励んでくれ。
李　御命令があればすぐにでも裁判は始められます。
金　今はそれどころではない。
李　ソビエト軍が進駐してこないからですか？
金　そうだ、分かってるじゃないか。全てはソビエト軍が来てからだ。
李　…………
金　なあ同志、悪いことは言わない、私の言う通りにしておけ。
李　私はごく若い頃から独立運動に関わり、それこそ言葉にできないほどの辛酸を舐めてきました。……しかし、私も元からゲリラ兵だったわけではありません。十五歳の頃、たった一回、ある友人の兄の話を仲間数人で聞きました。……その友人の兄が社会主義者の独立運動家であったことを知ったのは、日本の憲兵に拷問を受けた時です。

金　…………

李　痛かったですよ、日本人の拷問は。何回も死んだ方がましだと思いました。

金　言ってることは分かるよ。

李　他の友人は皆、責め殺されました。まだ何も知らない子供だったのに……

金　そうか。

李　私はその時まで、大人たちが言うほど日本の支配は悪くないと考えてたんです。しかし、日本は日本の為に朝鮮を支配していたに過ぎない。私はそのことを身をもって知りました。そして抗日戦線に身を投じたのです。

金　日本から解放されてもなお、我々はよその国の顔色を窺って生きていかねばならない。君はそれが気に食わないんだな。

李　……朝鮮の独立は死んだ仲間たちの悲願でした。皆その為に血を流した。

金　私も思うところは同じだよ。……だが同志、長生きしたければ大国の思惑を知っておくべきだ。

李　……ソビエトの思惑ですか？

金　そうだ、結局は米ソ二大国による分割統治が現実的な我々の未来だ。ソビエトと繋がりのない者は38度以北では必ず失脚する。

李　………

金　スターリンは何の躊躇いもなく同胞も同志も殺せる男だよ。

任の声　イムです。よろしいでしょうか？

金　入りたまえ。

任、登場。

任　失礼します。

金　何の用だ？

任　面会の者が拘置所に来ました。

金　面会？

任　はい。ピョンヤンの住民です。直接委員と話がしたいそうです。

金　分かった、すぐ行く。

任　はい。

任、退場。金と李は舞台上を移動しながら話を続ける。

金　ピョンヤンはまだしも、地方では日本人に対するリンチも行われているようだな？

李　ええ、日本人の警官に役人、それと人民を搾取した日本人地主が対象です。

金　目立つものや大規模なリンチはしっかりと取り締まれ。最悪でも体裁は整えろ。

李　あくまでも正規の手続きを経た処分に見せるということですね？　書類ひとつで片付くことです、お任せ下さい。

任、登場。続いて崔承化（チェ　スンファ）・仁恵（インフェ）親子、登場。杖を突く承化に仁恵が寄り添いながら歩いている。金と李、三人に近付く。

任　チェ・スンファとその娘インフェです。

金　こんにちは。私達がお話を伺いますよ。

承化、仁恵、身を投げ出して金に訴える。

仁恵　委員様、どうか私達の話を聞いてください！
承化　どうか日本人への恨みを晴らしてください。
李　（二人を立たせようとしながら）……お立ちください、チェ同志、私達はあなた方の味方です。……恨みというのはどういう？
承化　私は日本人に何もかもを奪われました。ほんの数年前までは自分の土地を耕していたのに……
金　その土地を日本人に取り上げられたと？
仁恵　それだけではありません、……日本人のせいで、夫と子供たちも……
金　同志、我々はどうあなた方をお手伝いすれば良いのでしょう？
承化　（仁恵に目で話すように促す）
仁恵　私の夫は裁判所の日本人に殺されました。……せめてその仇を討ちたいのです。
金　なるほど、裁判所の人間ですか。
承化　どうか委員様のお力で奴等に罰を与えてください。
仁恵　お願いします。
金　ではチェ同志、あなた方のお話はイ同志が伺います。
李　不当に我々を虐げた日本人に報いを受けさせましょう。

承化・仁恵　ありがとうございます！
李　イム同志。
任　はい。（二人へ）案内します。
仁恵　はい。お父さん。
承化　ああ。
　　　任、二人に先立って退場。仁恵、承化の歩くのを手伝いながら退場。
金　裁判所か、相手に不足はないな。
李　ええ、奴等は一貫して朝鮮人民の敵でした。必ず地獄を見せてやりますよ。
　　　李、足早に退場。金、それを見送り退場。川崎、登場。荒い息で座り込む。
　　　続いて、千造も登場。裁判所内検事局。八月十日、朝。
千造　川崎君、そっちは？
川崎　全部終わりです。

千造　（息を整える）
川崎　もう汽車は出た頃でしょうか？
千造　ああ。
川崎　無事に乗れていると良いですね。
千造　まったくだ。

中垣、緒方、登場。

中垣　二人ともご苦労さん。
緒方　遅くなってすまなかった。
川崎　中垣さん！　緒方さん！
千造　汽車は出ましたか？
緒方　汽車は出た。
千造　そうですか、良かった……
中垣　君等のお蔭で家族を汽車に乗せることができた。ありがとう。
川崎　良いですよ、御礼なんて。

中垣　……豊川君。
千造　はい。
中垣　すまん。(頭を下げる)
緒方　君の家族は平壌駅に現れなかった。
中垣　末のお子さんが高熱を出して医者を探しに行ったらしい。
千造　そんな……
緒方　多分、朴君が一緒だ。滅多な事はないとは思うが……
川崎　でも汽車は出てしまったんでしょう?
中垣　私達も待ってくれるように掛け合った。実際一時間は待ってくれたんだ。だが……
千造　そうですか……
緒方　私達も汽車が出るまでは自分の家族から離れることが出来なかった。力になれず申し訳ない。
千造　私の家族の都合だけで避難を遅らせるわけにはいきません。家内は賢い女です。それより我々の身の振り方を考えましょう。

　他の三人、口を開かない。

千造　中垣さん、緒方さん、街の様子はどうでしたか？

中垣　……まだ大きな混乱にはなってない。本格的に避難が始まるのはもう数日後のことだろう。

千造　朝鮮人の反応はどうでしょう？

中垣　まだ情報が行き渡ってもいないんだろう、静かなもんだ。

緒方　朝鮮人にしてみれば、どうも日本人の様子が昨夜からおかしいという程度の認識だろう。

千造　そうですか。

中垣　とは言え、それがいつまでもつかは分からんがね。

千造　……やはり暴動になるでしょうか？

川崎　え？

中垣　覚悟はしておいた方が良い。

緒方　拘束されるにせよ、興奮した市民よりもソ連軍の方がましかもしれませんね。

中垣　ああ、正規軍なら最低限の規律は期待できる。

川崎　我々が捕まるなら相手はソ連かアメリカではないんですか？
千造　もう一つ可能性があるよ。
緒方　朝鮮人さ。
川崎　そんな、日本人と朝鮮人は同胞じゃありませんか。
千造　大日本帝国は朝鮮人と日本人を同じように扱ってはいなかった。この期に及んで同胞扱いを期待するのはいささか虫が良すぎるだろう。
中垣　まだ住民が組織的に動く様子はない。ただ、何かきっかけがあれば……
緒方　例えば降伏ですか？
中垣　ああ、それが一番分かり易い。
千造　……今後、どうなっていくのでしょう？

四人それぞれ考える。

中垣　まず満州に潜んで独立運動をしていた抗日戦線が帰ってくるだろう。いや、もう帰ってきてるだろうな。奴等はソ連とも繋がっている。
緒方　国内の独立運動家も連携するでしょうね。

千造　我々に協力的ではなかった知識人達もそれに加わるのでは？　逆に親日的だった者は弾圧されるかもしれない。

川崎　最終的にはソ連軍も進駐してくるはずです。そんなに先の事ではないでしょう。

中垣　……混乱の極みだな。

緒方　ソ連の影響下で、朝鮮人の各勢力が主導権争い。というのが現実的なところでしょうかね？

中垣　もうまな板の上の鯉だな。

朴、急いだ様子で登場。

朴　豊川検事！

千造　朴君！　咲子は？　一緒じゃないのか？

朴　いえ、すぐ下までご一緒しました。とにかく奥様にお会いして下さい。

中垣　豊川君、ここはいいから早く行ってあげてくれ。

千造　そうさせていただきます。

千造、朴、舞台上を移動。少し沈黙。中垣がぽつっと口を開く。

中垣 豊川君、このまま家族と一緒に逃げればいいのになぁ。
緒方 そうはしないでしょうね、彼なら。
川崎 真面目ですからね、豊川さん。

中垣、緒方、川崎、退場。咲子、登場。千造、朴、咲子に近付く。裁判所玄関付近。

咲子 お父さん……こんな時にごめんなさい。
千造 謝ることはないよ。仕方の無いことだ。
咲子 ……診てくれるお医者さんが見つからなくて。
千造 こんな時だ、それも仕方ない。
咲子 でも……義男ちゃんが……
千造 咲子、今大切なことは急いで南に向かうことなんだ。どうか分かってくれ。
咲子 あなたも一緒に避難するわけにはいかないんですか？

千造　……それはできない。
咲子　お父さん……
千造　朴君、改めて頼みがある。
朴　……何でしょう？
千造　京城まででいい、私の家族は連れて行ってやってくれないか？
咲子　お父さん……
千造　私はここに留まって、大日本帝国の公人としての責務を全うしなければならない。
朴　豊川さん……
千造　だが家族は別だ。どうにかして日本に帰してやりたい。頼む、朴君。力を貸してくれ！
朴　豊川検事、お任せ下さい。必ずソウルまでご家族をお連れします。
咲子　勝手なこと言わないで下さい！
千造　咲子……
咲子　またそうやって恰好付けて。子供の生き死にが懸かってるんですよ！

沈黙。李、任を後ろに従えて登場。黙って千造たちを睨み付ける。

千造　任（にん）さん。
任　私は任ではありません。私の名前はイム・ペクリョンです。
李　我々はピョンヤン市民の自治によって成立した人民委員だ。人民委員会の名において朝鮮総督府の公人を逮捕する。
千造　覚悟はできているよ。
李　所属と姓名を言え。
千造　平壌地方法院検事局、豊川千造。
李　検察官か……大物だな。（朴に）お前は？
朴　……パク・チュンナム。
千造　そいつは裁判所とは関係ない。私の使用人だ。
李　（朴をじっと見つめて）本当か？
千造　朴、子供の様子が気になる、子供らのところに行け。
朴　（千造を見る）
千造　早く行け、のろま！
朴　失礼いたします。

朴、退場。

千造　（咲子に）さあ、君も早く行ってくれ。

咲子　え？　でも……

千造　こっちは私の家内、裁判所とは関係のない人間だ。行かせてやってくれ。

李　……（咲子に）行け。

咲子　お父さん。

千造　子供らを頼む。

咲子、瞬時迷いを見せるがやがて意を決して退場。千造、それを見送って。

千造　君がどういう人かは知らんが、感謝する。ありがとう。

李　（鼻で笑って）女子供に用はない。他の検察官は？

任　名簿にはあと三人載っています。

李　そいつらはどうした？

千造　三人とも上にいる。

　　李、任に顎で命じる。任、退場。

李　さっきの男、使用人ではないんだろう？　おそらくは現地採用の部下か何かだ。

千造　……違う。

李　まあ、どうでも良いことだ。同胞を見逃すのはやぶさかではない。

千造　（李を見る）

李　意外か？

千造　ああ、日本人に積極的に協力した朝鮮人は許されないと考えていたよ。

李　全体としてはそういう流れになるだろうな。そう考えてる同胞も数多いよ。

千造　だが君はそうは思ってない。

李　俺が憎いのは日本人だけだ。お前等こそ祖国と同胞を踏みにじった敵だ。

千造　………

李　優秀な同胞は救ってやりたい。あの男はきっとそうだろう？

千造　君は冷静だな。

李　冷静？　私が冷静？

李、笑い出す。千造、呆気にとられる。

李　冷静だと思うなら勝手にそう思っていてくれ。だが生きて日本に帰れるとは思うなよ。

千造　………

李　俺達は日本人に何もかも奪われた。国も金も土地も誇りも、歴史さえも奪われた。この落とし前はお前等の命でつけてもらうぞ。

任、登場。続いて中垣、緒方、川崎も登場。

任　ピョンヤン地方法院検事局、残りの三人を連行しました。

李　ピョンヤン人民委員会の名において、お前達四人を拘束する。

中垣　どこに連れて行く気だ？

李　お前達が散々に同胞をいたぶってくれたあの拘置所だよ。

川崎　僕達はそんなことはしていない！
李　言い訳は裁判で聞く。さあ、出ろ！
任　行きなさい。

任、四人を促して退場。崔親子、登場。仁恵、承化を助けながら歩き、座らせる。九月の半ば頃、人民裁判委員会の取調室。李、崔親子に話しかける。

李　先日からお待たせして申し訳ありませんでした。ひと月以上経ってしまいましたね。
承化　いえ、訴えを聞いていただけるのであればどうということもありません。
李　しかしソビエト軍が進駐し、その下ではありますが我々朝鮮人による自治の準備は整いました。いよいよ日本人戦犯の人民裁判を開始します。

金、登場。

李　キム同志は人民裁判では裁判長を務めます。
金　どうぞよろしく。

承化　こちらこそ裁判長様にお話を聞いていただけるならありがたいことです。
仁恵　格別な御配慮、ありがとうございます。
金　いえ、これが私の仕事です。（李に）さあ。
李　では具体的にお話を伺いましょう。

承化、仁恵、顔を見合わせる。何からどう話して良いものか迷っている様子。

仁恵　……お父さん、お願いします。
承化　……三年前、これの夫ホン・ヨンリプが日本人に殺されました。私達が訴えたいのはそのことです。
李　なるほど。
承化　ですがその前に、私達一家が日本人によってどんな目に遭わされてきたか聞いていただきたい。
金　勿論、聞かせていただきますよ。
承化　端的に言えば、私と娘以外の全員が死んだ。女房も倅も婿も……
仁恵　私の二人の子供も飢えと病気で……

金　痛ましい話ですな。
承化　昔は狭いながらも自分の田畑を耕して、ちゃんと暮らしを立てていたのに……
李　三十年前の土地調査事業で田畑を奪われたのですか？
承化　……確かにあの時、多くの百姓が土地を失った。
李　ええ、その経緯は朝鮮中で同じです。日本人は、朝鮮人農民を騙し、その土地を奪い取った。
承化　しかし、私はあの時期を何とか乗り切りました。
仁恵　父は自分の土地を守ったんです。
金　それは素晴らしい。
承化　私は若い頃学問が好きで、独学で色々な知識を得ていました。あの時はそれが役に立ったのです。
李　日本による土地調査事業は、朝鮮人農民の無学に付け込んで土地を没収しました。教養さえあれば自衛ができた。
仁恵　私が幼い頃、家には他の家では見たこともない本が沢山ありました。私はそれが誇らしかった。
承化　ですが、もしかしたら、あの時期に土地を奪われて小作に落ちぶれていた方が、今よりはマシだったかもしれないのです。

李　というと？

仁恵　土地を守った父は、日本人に目の敵にされました。

李　そういうことですか。

仁恵　地主、商人、警官、憲兵、役人、私達の近くに入り込んだ日本人は私達一家に執拗な嫌がらせをしました。私がまだ小さい頃のことですが、よく覚えています。私の母はその心労で倒れ、若くして……

承化　心根の優しい女でした。それが哀れで……

仁恵　それに兄も……

李　お兄さんも？

承化　私の跡取り息子は、日本人の横暴に怒り、独立運動に身を投じて家を飛び出しました。それきり二度とは帰ってこなかった。

李　私も抗日戦線のゲリラ兵でした。

承化　そうですか。……チェ・ジュンファンという名を御存知では？

李　（首を振り）残念ながら。

承化　そうですか……

李　面識がなくとも、息子さんは私の仲間です。勇敢に散った仲間に代わり、必ず私がお二人のお力になりましょう！
承化　ありがとうございます。
仁恵　どうか、お願いいたします。
金　ィ同志。
李　それではホン・ヨンリプさんが亡くなった経緯をお聞きしましょうか。
承化　分かりました。
李　我々としても、裁判所の日本人を追い込む証言が必要なんです。
承化　私達は三年前、婿のヨンリプを日本人に殺され、その結果何もかもを失った。
仁恵　夫は豊川という検事のせいで殺されたのです。

豊川、中垣、緒方、川崎、登場。拘置所の房内。九月半ば。四人とも薄汚れ、疲れた印象。思い思いの場所に座り込んでいる。川崎が咳き込む。

中垣　大丈夫か？
川崎　（苦しそうに）大丈夫です。

千造　風邪かい？
川崎　多分そうです。昨夜、やけに寒く感じたんで。
緒方　もう九月も半ばだからね。
中垣　ああ、これからどんどん寒くなるのか。
川崎　……僕等の裁判はいつ始まるんでしょうか？
千造　分からんよ。

沈黙。そこに任、登場。四人の様子を観察する。

中垣　なあ、任さん。
任　……イムだ。
中垣　イムさん。ちょっと頼みがある。川崎君の体調が良くないんだ。毛布かなんかを追加でもらえないか？
任　駄目だ。
中垣　そこを何とか頼むよ。君以外に頼める人がいないんだ。
川崎　中垣さん、もういいです。大丈夫ですから。

間

川崎　（力なく任に語りかける）ねえ任……イムさん。あなたはずっとここで働いていて、僕等とも知らない間柄ではない。それでもやっぱり僕等が憎いんですか？　僕等が日本人だから。

任　（やや苦しげに返答する）国を奪った日本人が憎くないわけがないだろう。

川崎　……でも日本人って言っても色々いるでしょう？

任　朝鮮人にだって色々いる。だがお前らは朝鮮人と一括りにして蔑んでいた。

川崎　そりゃそういう人もいたよ。でも僕はそうじゃなかった。

千造　よせよ川崎君。イムさんも大変なんだよ。

川崎　大変？

千造　日本人に進んで協力してたと思われたらただじゃすまない。そうでしょ？

川崎　……そういうことですか。

沈黙。任、押し黙ったまま退場しようとするが、立ち止まって振り返る。

任　私もあなた方個人に恨みがあるわけではない。ですが、私はここで生きていかなければならないんです。

任、退場。しばらく沈黙。

中垣　（わざと明るく）なあ、誰か話をしてくれないか？
緒方　話？
中垣　何でも良いよ、昔読んだ小説とかでも構わない。
緒方　どうせなら遠い外国の話が良いな。
中垣　なぜだい？
緒方　……日本の話だったら悲しくなりませんか？
中垣　うん、それはその通りだね。じゃあ外国の話にしよう。
川崎　僕は何にもありませんよ。豊川さんどうです？
千造　「ああ、無情」なら大体の話を覚えてます。
川崎　どんなお話ですか？

千造　ジャン・ヴァルジャンという、十九年牢獄にいて、出てきた男の物語だよ。

三人、少し黙るが、やがて笑い出す。

緒方　それはここで聞くにはうってつけの話だね。

中垣　まったくだ。

川崎　豊川さん、お願いします。

千造　（一つ咳払いをして）一八一五年、フランスはディールというところにミリエルという司教がいました。彼はもう七十五歳ほどの老人で、一八〇六年からその地で司教をしていたのです。

照明が変わり、四人は暗くなる。咲子、登場。朴、後に続いて登場。咲子、しばらくそのままにしているが、ポツリと口を開く。

咲子　義男ちゃん……

朴　奥様……お力になれず申し訳ありません。

咲子、力なく地面にへたり込む。昭和二十年九月半ば、朝鮮半島を二分する北緯38度線近くの山中。

咲子　ごめんなさい、義男ちゃん……

朴　……そろそろ行きませんか？

咲子　もう少しだけお願いします。

朴　ですが……

咲子　お願いします、パクさん。……もう少しだけ。

咲子、目の前の地面に手を置き動こうとしない。

咲子　義男ちゃん、……守ってあげられなくてごめんね。

朴、一歩咲子に近付き、口調を強くして声を掛ける。

朴 さあ、奥様参りましょう。38度線を越えるにはまだまだ歩かなくてはいけません。
咲子 …………
朴 奥様。
咲子 パクさんは子供らを連れて先に行ってくれませんか？
朴 御無礼をお許しください。（咲子の腕を摑み立たせて引きずって行こうとする）
咲子 いや！（朴の手を振りほどき、元の場所に戻る）義男ちゃん……義男ちゃん……
朴 いい加減にしなさい！
咲子 …………
朴 私はせめて、奥様と二人のお子さんはソウルまで送り届けたいのです。

間

朴 義男ちゃんの魂は、主の御手《みて》に抱かれるのです。
咲子 ！
朴 無垢なる魂はそのまま主の御許《みもと》へ導かれます。……ですから、どうか、どうか心をしっかりと保ってください。あなたにはまだあなたが手を引くべきお子さんがいるんです。

咲子　（立ち上がる）

朴　祈りましょう。（手を組んで黙禱する）

　　咲子、戸惑うがやがて手を組んで一心に祈る。朴、しばらくして顔を上げる。咲子の様子を窺っている。咲子、やがて顔を上げる。

咲子　パクさん。

朴　はい。

咲子　申し訳ありませんでした。行きましょう。

　　朴、退場。咲子、なおも去りがたい様子を一瞬見せるがやがて身を翻して速足で退場。任、登場。千造たちに近付く。

任　豊川千造、取調だ。出ろ。

千造　…………

任　何をしている、来い！

千造、黙って任の傍へ移動する。検事局他の三人は退場。昭和二十年十月、平壌拘置所。取調室に向かう途中立ち止まり、任が周囲の様子を窺いそっと千造に話し掛ける。

任　豊川さん、取調官のイ・ヒョサムは非常に日本人に対する復讐心の強い人物です。

千造　ええ、知っています。何故なんですか？

任　彼は抗日武装ゲリラ出身です。多くの仲間を日本人に殺されました。

千造　なるほど……

任　気をつけてください。

李、登場。任、姿勢を正す。

任　豊川千造、連れて参りました。

李　ご苦労さん。行ってくれ。

任　はい。（退場しようとする）

李　ああ、イム同志。川崎が体調を崩してるんだったな？

任　はい。

李　豊川の次は川崎検事の取調を行う。隣で待たせておけ。

任　承知しました。

李　休ませるなよ。

任、退場。

千造　体の弱っている川崎君をどうするつもりだ。

李　どうするもこうするも取調をするだけだ。お前達だってよくやってたじゃないか。うつつ責めだったか？　俺は取調室で三日三晩、ほとんど寝かせてもらえなかったことがあるぞ。

千造　……こんなことを言っても君には届かないのかもしれないが、日本人全てが君達を蔑み、痛めつけたわけじゃない。

李　（鼻で笑う）くだらない。

千造　くだらない？

李　ならお前達の手で、俺達を蔑み痛めつけた日本人を残らず引き渡してくれ。

千造　そんなことできるわけがない。

李　できないなら、現在拘束している者を日本人の代表として扱うしかないじゃないか。

千造　それは法の精神に反する。

李　法？　法の精神？　そんなものには何の意味もない。今この朝鮮半島のどこにそんなものがある。今、この朝鮮にあるのはソビエトとアメリカ、二つの大国の思惑だけだ。民族独立の悲願は、その思惑の下で圧殺されつつある。

千造　その事情については気の毒にも思う。

李　日本人に同情される謂れはない。

千造　（屈せず）だがそのうっ憤を私達にぶつけるのは間違ったことだ。

李　……なら聞こう、韓国併合から三十有余年、お前達日本人は間違ったことはしなかったのか？

千造　……少なくとも、私個人はそう努めてきたつもりだ。

李　違う、そんなことは聞いてない。日本人全体をどう捉えているのかと聞いている。

千造　私は、それに答え得る立場ではない。

李　では一個人としての豊川検事が、朝鮮支配のことをどう考えていたか聞こう。

千造　私は、アジア全体の利益を考えた大東亜共栄圏の理想を信じていた。理想と現実が嚙み合っていなかった点については認める。支配という現実の中で君達朝鮮人に対して不利益を与えてしまったことも事実だ。

李　それで？

千造　だが私もそれに同僚の検事も、朝鮮人を同胞として扱う努力は怠らなかった。

李　……お前達はピョンヤン周辺のクリスチャンを弾圧しただろう。

間

千造　あれは……

李　あれはなんだ？　あれはお前達のやったことだろう！

千造、顔を伏せる。荒木、中垣、緒方、川崎、登場。昭和十七年の回想。検事局内。

川崎　ちょっと待ってください、起訴するかしないかは我々検察が判断することです。
荒木　これは我々憲兵からの正式な要請だ。検察はただ従えばよい。
緒方　しかし大佐、クリスチャンという理由だけで彼等が独立活動家と決めつけるのは無理がありませんか？
中垣　ちょっと飛躍しすぎな気もしますが。
荒木　平壌周辺のクリスチャン、特にプロテスタントはほとんどが独立運動に関わっている。これは我々憲兵の内偵でも明らかになっているんだ。
中垣　しかし、いきなり起訴して投獄というのはやりすぎではないですか？
荒木　相手は我が帝国の敵だ、理《ことわり》を曲げてでも叩かなければならんだろう。
緒方　私達にも司法官としての誇りというものがあるんですがねぇ……
荒木　我が帝国の国益より重要な誇りなど存在しない。
中垣　……勿論その通りです、荒木大佐。
緒方　不本意ですけどね。
荒木　（威圧しながら）ああ、分かってくれて嬉しいよ。
川崎　ちょっと待ってください、僕は納得できませんよ。
中垣　川崎君、そこらへんでやめときなさい。

川崎　全ての朝鮮人プロテスタントを帝国の敵と決めつける証拠は存在しません。

荒木　君も分からん男だなぁ。朝鮮人プロテスタントには一定数活動家が混じっている、それなら根こそぎ検挙すればいいだけの話じゃないか。

川崎　無茶なこと言わんでください。

荒木　川崎検事、私は君にお願い事をしてるんじゃない、命令してるんだ。

川崎　……豊川さんはどう考えますか？

　　千造、回想の中に混じり口を開く。

千造　確かに、プロテスタントであるという事実だけをもって検挙・起訴というのは乱暴なようにも思えます。

川崎　そうですよね！

千造　しかし、非常時の今、ある程度の乱暴は致し方ないことと考えます。

荒木　よく分かってるじゃないか、豊川君。

川崎　豊川さん……

荒木　川崎君、憲兵を敵に回して、検察官の仕事をまっとうできると思っているのか？

川崎　それは……

中垣　（助け船を出す）大佐、それくらいでやめときましょう。川崎君には私から言い聞かせますから。

緒方　彼はまだ若い、勘弁してやってください。

荒木　方針は決まった、憲兵隊の挙げたクリスチャンは全て起訴・投獄に持ち込むこと。

中垣　心して仕事に掛ります。（三人に）じゃあ、行こうか。

緒方　では我々はこれで。

荒木　豊川君は残ってくれ。

千造　はい。

中垣、緒方、川崎、退場。

千造　何か御用でしょうか？

荒木　……君の細君の話さ。

千造　（警戒する）…………

荒木　クリスチャン、それもプロテスタントらしいじゃないか。

千造　……仰る通り、家内はクリスチャンです。しかし、内地にいた頃からの信仰です。断じてこちらの独立運動とは無関係です。

荒木　そんなことは分かってるよ。

千造　今後も教会には近寄らせませんし、信仰を持っていること自体、おおっぴらにさせないようによくよく言い聞かせます。

荒木　細君の信仰が危険なものじゃないということはよく分かってる。ただね……

千造　何ですか？

荒木　世間とは口さがないものだ。この事が知れ渡ったら、君もやりにくくなるかもしれないね。

千造　どういう意味でしょうか？

荒木　そんな噂が立ったら君等家族は平壌中の日本人から白い目で見られるだろう？

千造　……大佐。このことはどうか御内密に。

荒木　勿論だとも豊川君。

千造　ありがとうございます。

荒木　クリスチャン内にはびこる独立運動をきっちりと取り締まるように。……手心を見せれば、痛くもない腹を探られることになるぞ。

荒木、退場。昭和二十年の拘置所に戻る。

千造 あれは仕方なかったんだ。

李 仕方ないで済むと思うか？　投獄され獄死した者がどれほどいたと思ってるんだ？

千造 だが我々は上の者には従順であることを常に要求されてきた。

李 しかしだ、豊川検事。内心反対していたとしても、結果的に加担したのであれば有罪だろう？

千造 民族主義、社会主義、そしてキリスト教。この三つは抗日、独立運動の温床となっていた。我々としては朝鮮の平穏の為に、これらを取り締まらざるを得なかった。

李 朝鮮人が朝鮮の独立を望んだから取り締まったと？　自分の言っていることの意味を分かってるか？

千造 間違ってなかったと言いたいんじゃない、我々にもそれなりの理屈があったと言いたいんだ。

李 チェ・スンファ、チェ・インフェ、ホン・ヨンリプ。この名前に聞き覚えは？

千造 （首を振る）

李　では崔承化（さいしょうか）、崔仁恵（さいひとえ）親子。それに仁恵の夫、洪永立（こうえいりつ）では？
千造　崔……承化……仁恵……
李　どうだ？
千造　（何かに思い当たる）
李　彼等はクリスチャンではなかったな。そうだろ？
千造　……彼等が私を恨んでいるのか？

　朴、仁恵、登場。昭和十七年の回想、検事局内。千造、二人に近付く。

朴　豊川検事、崔仁恵さんです。崔さん、こちらがお話を聞いてくださる豊川検事です。
仁恵　（頭を下げる）
朴　仁恵さん、豊川さんは公正なお方です。安心して話してください。
千造　（仁恵に）お力になれるかは分かりませんが、とにかくお話を伺いましょう。
仁恵　……夫を帰してください。……牢屋に入れられた夫を帰してください！　夫がいなければ、私たち一家はいずれ飢え死にするしかないんです！

千造　……朴君、君からも説明してくれないか？

朴　仁恵さんの御主人、洪永立さんというのですが、いきなり憲兵に拘束されたのです。

千造　容疑は？

朴　独立運動です。

仁恵　違います！　夫は決して独立運動などしていませんでした。検事様、夫を助けて下さい。

千造　なぜ独立運動の容疑が？

朴　どうやらプロテスタントと誤解されているようです。

千造　……そういうことか。

仁恵　どうか、お助け下さい。

千造　（しばらく考えて）崔さん、そういうことならお力になれるかもしれません。

仁恵　本当ですか！

千造　ええ、もし容疑が間違いということであれば、我々としても御主人を拘束する理由はありません。事実を確かめて、釈放できるように動いてみましょう。

仁恵　よろしくお願いします。

朴　豊川検事、ありがとうございます。

千造　プロテスタントなら助けようがない。しかし、そうでないなら可能性はあるはずだ。
朴　はい。

　千造、朴、退場。金、承化、登場。昭和二十年に戻る。承化は話しながら仁恵に近付く。人民裁判委員取調室内。

承化　ヨンリプはできた婿でした。なのに……
李　まったくの濡れ衣を着せられて逮捕されたのですね？
承化　そうです。
仁恵　確かにこの辺はプロテスタントが強い土地です。でも私達は違いました。
李　そして伝手を辿って豊川検事に助けを求めた。
仁恵　はい。日本人なのに偉ぶったところがなかったので、最初は良い人に思えました。
金　お話を聞く限りだとなかなかの人物だと思えますね。
仁恵　ですから私達も、一度は安心しました。でもそれは最悪の結果で裏切られたのです。
承化　……私達が何をしたと言うんだ。ただ質素に暮らしながら自分達の土地を耕し、真面目に生きてきた。日本人がのさばるようになってからも一切逆らうようなことはしなかった。その結果がこれとは……

李　我々朝鮮人はもっと早くに立ち上がるべきだったのかもしれませんね。

承化　私のような百姓には思いもつかんことですよ。

仁恵　それに実際に立ち上がった人たちがどんな目に遭ったか……

李　しかし、チェ同志。あなた方は立ち上がってもいないのに酷い目に遭っている。

承化　……それはその通りです。

任、登場。それを追いかけて千造、登場。昭和十七年の回想、拘置所内。

千造　看守さん、ちょっと良いですか？

任　何でしょう？

千造　最近、独立運動の容疑者が沢山逮捕されてますよね。

任　ええ、急に増えたので対応にてんやわんやしています。

千造　その中に洪永立という男がいると思うのですが……

任　何故そんなことを？

千造　その男、何かの間違いで逮捕されたという訴えが私のところにきているのです。
任　……そういうことですか。洪永立、真面目そうな男です。
千造　独立運動家に見えますか？
任　(周囲を気にしながら) とてもそんなようには見えません。
千造　……そうですか。
任　正直に言いますと、洪永立だけでなく、逮捕者の半分以上が、私には濡れ衣で投獄されているようにしか思えません。
千造　……そうですか。
任　私から見れば皆、真面目で従順な一般市民です。投獄されている彼等に対して同情を禁じ得ません。
千造　正直に話してくれてありがとうございます。
任　いえ、では失礼します。

任、退場。中垣、登場。書類を持っている。昭和十七年の回想、平壌憲兵隊本部。

中垣　豊川君、この意見書本当に提出するのかい？
千造　荒木大佐にはもう提出済みです。
中垣　豊川君……
千造　クリスチャンに対する弾圧はもう避けられません。しかし、せめてクリスチャンと誤認されて検挙された人々は救いたい。中垣さん、彼等を助けるのに力を貸してくれませんか？
中垣　……君の正義感は好ましく思う。だけど、力にはなれないよ。
千造　中垣さん……
中垣　自分の立場を危うくしてまで正義を追求する気はない。
千造　今のままでは内鮮一体など夢物語になってしまいます。
中垣　そんな馬鹿げたことを信じてる人間なんて始めからいないんだよ。
千造　どういう意味ですか？
中垣　どう転んでも、日本人が朝鮮人に好かれることはないってことさ。
千造　だからと言って何もしないわけにはいきませんよ。
中垣　……君にだって守るべき家族がいるんだろう？　悪いことは言わない、上に逆らうのはよしなさい。

千造　…………

中垣　頑固だな、君は。

千造　いごっそうですから。

中垣　……君の勇気が羨ましいよ。

荒木、登場。最初からかなり険悪な表情。しばらく沈黙。

荒木　中垣検事。

中垣　はい。

荒木　君も豊川検事と同意見か？

中垣　いいえ、私は大佐の方針に異議はありません。

荒木　結構だ。行って良いぞ。

中垣　失礼します。

中垣、荒木の目を盗み、千造に目配せして、一つ笑いかけてから退場。

荒木　……豊川、私は警告したはずだ。

千造　私はクリスチャン検挙の方針に反抗しているわけではありません。検挙されたクリスチャンの真贋を、もっと慎重に判断するべきであると言っているだけです。

荒木　……それで？

千造　意見書でも具体的な名前を挙げました。彼等に対する容疑は根拠が薄弱です。正しい調査を行い、問題なければ一刻も早く釈放するべきです。

荒木　……再調査はない。釈放もない。検挙した容疑者は全て治安を乱す独立運動家だ。

千造　荒木大佐！

荒木　知っているか？　朝鮮人の間では日本の敗戦の噂が蔓延しているそうだ。そして連中は我が帝国の敗戦の日を全員が心待ちにしている。

千造　日本の敗戦の噂は聞き及んでいます。

荒木　良いか、所詮連中は同胞ではない。我々日本人がどんなに譲歩しようが、連中は日本人を憎むことをやめないだろう。

千造　それは独立運動家ではない者まで処罰する理由にはなりません。

荒木　理由ならある。

千造　そんな無法にどんな理由があると言うんですか？

荒木　疑われれば、何もしなくても検挙される。疑われない為にはどうしたら良い？
全力で日本に協力すれば良いんだ。

千造　それは無茶苦茶です。

荒木　……朝鮮の統治に必要なのは恐怖と力だけだ。

千造　そんなことを続ければ、日本人と朝鮮人の間には抜き難い憎しみが残ります。

荒木　もう引き返せない道だよ、ならこのまま進むしかないだろう。

千造　しかし……

荒木　これ以上の話は無駄だ。意見書のことは見なかったことにしてやる。仕事に戻れ。

千造　荒木大佐……

荒木　今君にいなくなられると我々も迷惑する。だから見なかったことにしてやると言ってるんだ。それとも南方戦線に一兵士として送ってやろうか？

千造　………

荒木　大人になりたまえ、相手は朝鮮人だ。所詮は違う種類の人間なんだよ。

荒木、退場。任、登場。暗い表情で千造に話しかける。昭和十七年の回想の続き。拘置所内。

任　豊川検事、少しよろしいでしょうか？

千造　何ですか？

任　……洪永立が死にました。

千造　え？

任　数日前から急に彼等に対する取調が厳しくなりました。……どうやら憲兵たちは滅茶苦茶に拷問したようです。洪永立始め数人がそのまま息を引き取りました。

千造　そんなことが……

任　もし彼等が独立運動家だったとしても、あんな風に残酷に殺されなければいけない理由にはなりません。ただ自分の国を取り戻そうとしただけなのに。

千造　断固として抗議します。日本人だってそんな人間ばかりじゃない。任さん、私は決してそんな無法を見逃したりはしません。

任　……日本人にも良い人が沢山いることを私は知っています。しかし、そのことは現実の政治には決して反映されることはない。日本はあくまでも残酷な支配者です。

千造　どういう意味ですか？

任　日本人は日本人、朝鮮人は朝鮮人ということです。日本人に睨まれた朝鮮人はたとえ無実であろうと殺されるんです。

千造　そんなことはない。

任　私は彼等のように殺されるのはごめんです。日本人に睨まれることなく、日々を送ることだけ考えることにします。

任、退場。承化、千造に向かって声を荒らげる。

承化　……ヨンリプが何をした？

千造　（答えられず俯く）

承化　日本人、覚えておけよ。お前らは罪もない朝鮮人を殺した。……必ず報いを受ける日が来る。

千造　…………

回想が終わり、昭和二十年に戻る。李、千造を責め立てる。

李　豊川千造、これでもお前は無実か？

千造　……君の言う通りだ。私は何も止められなかった。
李　自分の罪を認めるか？
千造　……私が余計なことをしたせいで洪永立は拷問された。
李　ホン・ヨンリプが死んで、残された家族がどんな目に遭ったと思う？
千造　分からない。

金、崔親子に声をかける。人民裁判委員取調室。

金　それで、その後あなた方はどうなったのですか？
仁恵　独立運動家の一族として財産は全て没収されました。無一文になって村を出て行かなければならなかったのです。
承化　先祖代々の土地を追われ、一家の働き手も奪われ、物乞いのようになってピョンヤンの貧民街に居着くしかありませんでした。
金　そうですか。
仁恵　去年の冬、食うや食わずの暮らしの中で子供達は飢えて病み、命を落としました。
承化　罪もない孫は死んで、この年寄りがむざむざと生き残っている。浅ましいことだ。

金　スンファさん、インフェさん、今、何か望みはありますか？
承化　ヨンリプを殺した日本人を許すことは出来ません。
仁恵　無実の夫を殺した日本人に正しい報いを。それだけが私達の望みです。
金　ありがとうございます。この証言があれば、人民裁判で奴等を断罪できます。
仁恵　訴えを聞いていただいてありがとうございます。
金　同志たちの望みが叶えられるよう、我々も力を尽くします。

暗転。崔親子、金、李、退場。千造、退場。明転すると咲子がいる。

咲子　私と二人の子供、それにパクさんがやっとのことで38度線を越えた頃には十月になっていた。時に歩き、時にお金を払って農家の牛車に乗せてもらって、私達四人はかつての京城、今で言うソウルにたどり着いた。

朴、登場。咲子に近付き話し掛ける。昭和二十年十月、京城駅の停車場。釜山行きの汽車の発車前。

朴　それではここでお別れしましょう。

咲子　ありがとうございます。なんと御礼を言えば良いことやら。

朴　御礼を言われるほどのことはしておりません。私の力が及ばず、義男ちゃんが……

咲子　もうそのことは仰らないで下さい。あの子の魂は主の御許に。

朴　……はい。

咲子　パクさんもクリスチャンだったんですね？

朴　はい。

咲子　でも、それを隠していた。

朴　朝鮮人でクリスチャンとなると、あらぬ疑いを受けるやもしれません。ピョンヤンではなおさらでした。私は自分の信仰を誰にも知られぬよう隠し通しました。

咲子　…………

朴　軽蔑なさいますか？

咲子　そんなことあるわけないじゃありませんか。私はあの時、パクさんの信仰に心を救われました。本当に感謝してます。

朴　そう言っていただけると、私の心も救われます。

咲子　……これからどうされるんですか？　御両親のところ？

朴　もう一度、ピョンヤンに戻るつもりです。
咲子　……本気ですか？
朴　本気です。
咲子　危険はないのですか？
朴　私は朝鮮人です。朝鮮人が朝鮮を移動することに何の危険があるでしょう？
咲子　何の為に？　何の為にもう一度平壌に戻らなければいけないんですか？

朴、困った顔で少し黙るが、やがて口を開く。

朴　ピョンヤンで……平壌で友達が待ってるんです。私はその友達に謝らなければいけないことがあるのです。
咲子　……そのお友達は、救えないかもしれないんじゃないですか？
朴　…………
咲子　それなら平壌に戻っても意味がない。それなのに自分の身まで危険に晒すことになります。あなたのお友達はそんなこと望まないんじゃありませんか。
朴　確かに私が行ったところで友達の窮地を救えるか分かりません。

咲子　それなら危険を冒すことないんじゃありませんか？
朴　私はそれでも行ってあげたいのです。だから奥様、どうぞお気になさらず。これはあくまでも私の我がままですから。
咲子　………
朴　さようなら、奥様。お元気で。（退場しようとする）
咲子　（朴の背中に）パクさんも、お気を付けて！

朴、振り返らず退場。蒸気機関車の汽笛の音が響く。

咲子　それからの旅は、勿論快適ではなかったけれど、危険は少ない旅だった。昭和二十一年一月、私達の長く苦しい旅は終わった。私と二人の子供は故郷日本の土をようやく踏めたのだ。……そしてそれは、夫の身を案じ、帰国をただ待ち侘びる日々の始まりだった。

千造、中垣、緒方、川崎、登場。咲子、退場。拘置所内。昭和二十年十二月。
千造、「ああ、無情」の最後の部分を語っている。三人はじっとそれに耳を傾けている。いつの間にか舞台の端に任も登場して、そっと千造の語りを聞いている。

千造　コゼットとマリユスは涙を流して、ジャン・ヴァルジャンの両手にすがりつきました。二人に看取られて、ジャン・ヴァルジャンは死んだのです。星もない暗い夜でした。その影の中では天使が魂を待ちながら、翼を広げて立っていたことでしょう。……終わりです。

それぞれ、物語の余韻に浸る。川崎、堪えていた咳が一気に出てくる。

千造　おいおい、大丈夫か？（背中をさする）

川崎　……大丈夫です。聞いてる間、自然と我慢していたので。それより豊川さん、完結おめでとうございます。

中垣　ああ、お蔭で楽しめたよ。

緒方　ありがとう、豊川君。

川崎　小説って面白いですね。もっと読んでおけば良かった。（任に）そう思いませんか？

任　（ギクッとするが平静を装い無視する）

川崎　ねえ、イムさんも楽しみに聞いていたんでしょ？

任　……そんなことはありません。

中垣　イムさんも毎晩時間になると聞こえるような場所に来てたじゃないか。

任　余計なことを言わないでください。

緒方　そんなむきにならなくて良いじゃないか。豊川君の「ああ、無情」は面白かった。それだけのことだ。

任、退場。川崎がまた咳き込む。

千造　（背中をさすりながら）それにしても冷えますね。

緒方　ああ、この季節はね。

中垣　外は雪だよ。

川崎　……何にも状況の変わらないままで年を越しそうですね。

千造　そうだね。

川崎　……僕の想像力が足りなかっただけなのかもしれませんけど。
千造　何だい？
川崎　僕は生まれも育ちもこっちで、日本人と朝鮮人は同胞だと思ってました。そこまで朝鮮の人が怒っているとは思ってなかった。でも、敗戦からこっち、朝鮮人の喜びようを見ると……
千造　見ると？
川崎　我々の統治にはやはり問題があったのだと認めざるを得ません。
千造　……そうだね。
緒方　そんなことは始めから分かってたさ。
川崎　どういう意味ですか？
緒方　分かってたけど逆らえなかった。君等だってそうじゃないか？　あんなやり方で上手くいきっこない、そんなことは分かりきったことだった。
川崎　僕には分かりませんでした。だから想像力が足りなかったと言ったんです。
中垣　別に気にすることじゃないよ。分かっていても止められやしなかったんだ。
緒方　明治の頃はそれでも、手を取り合って両国共に栄えていこうと考えている日本人も多かった。

中垣　結局、韓国併合以降、どんなに取り繕おうと朝鮮支配の目的は、ただ大日本帝国の繁栄の為となった。
千造　そう考えれば、恨まれる理由がないとはとても言えないですね。
川崎　でもそれは僕達自身がしたことじゃありません。
緒方　そこは意見の分かれるところだな。
川崎　軍や憲兵の上層部は一目散に逃げたのに……
緒方　それも仕方ないことさ。
川崎　どうしてですか？
緒方　軍隊が守るのは軍隊だけだ。国民を守るってのはお題目にすぎないんだよ。
川崎　…………
千造　（話題を変える）なあ、川崎君。
川崎　はい。
千造　日本に帰国できたらどうしたい？
川崎　……暖かい所に住みたいですね。あと、海がある所が良いです。
千造　なら高知はどうだい？　良いぞ、桂浜から見る太平洋は。
緒方　高知は波が荒いよ。そこいくと宇和島は穏やかで良い所だよ。

中垣　お隣だろう？　両方行けば良いじゃないか。
川崎　そうですね、じゃあ両方行きます。案内してくださいね。
千造　勿論。
緒方　高知よりも宇和島が良いって言わせてみせるよ。
中垣　私も一枚かませてもらって良いかな？
川崎　勿論ですよ。

金、李、登場。入れ替わりに千造、中垣、緒方、川崎、退場。人民裁判委員執務室。

李　人民裁判の準備はとっくに整っています。これ以上待たなければいけない理由がありますか？
金　簡単なことだよ、上からの指示がまだだ。
李　ソビエト軍ですか？
金　それも勿論そうだが、どうやら朝鮮人の頭も絞られてきたじゃないか。
李　私は取調に没頭してましたから、あまり成り行きに詳しくありませんが……

金　十二月十七日に朝鮮共産党北朝鮮分局の責任書記にキム・イルソン同志が就任した。

李　敵前逃亡してソビエトに逃げ込んだあのキム・イルソンですか。

金　滅多なことを言うなよ、同志。

李　我々の部隊はあくまでも戦い続けました。奴等とは違う。

金　だが、ソビエトは彼に権力を与えるつもりだ。来年の早いうちに、38度線以北の臨時政府として北朝鮮臨時人民委員会が発足する。委員長は当然キム・イルソンだ。

李　いよいよ南北分断の道しかないのですね……

金　気持ちは分かるが、諦めたまえ。

李　……それと我々の人民裁判が遅れていることにどう関係が？

金　どうせやらなければいけない裁判なら、臨時政府の発足を待って上層部に対するデモンストレーションにした方がお互いに得じゃないか。それともう一つ。有罪なら全員ソビエトに引き渡すことになった。シベリア送りだ。

李　シベリアでの強制労働はきついでしょうねぇ。

金　ああ、何割かは確実に死ぬだろうな。

李　簡単に死ぬよりも苦しい生き地獄でしょう。それならまあ、納得もできますよ。

金　とにかくいつでも人民裁判を開始できるよう、準備だけは進めてくれ。

李　はい。

　　金、李、退場。任、登場。朴、それを追いかけて登場。後ろから声を掛ける。
　　拘置所付近の路上。

朴　今、お帰りですか？

任　パクさん、あなたなんでピョンヤンに？　親日派がどんな目に遭ってるか知らないんですか？

朴　知ってますよ。日本に取り入って威張っていた朝鮮人は、日本人以上にリンチの対象になったようですね。

任　分かってるなら私は巻き込まないでください。

朴　検事局の皆さんお元気ですか？

任　元気かどうかはともかく、まだ生きてますよ。

朴　そうですか……

任　あなた、まさか彼等を助けようと思ってるんですか？

朴　……おかしいですか？

任　おかしいも何も不可能です。その為に北に戻ってくるなんて、気違い沙汰ですよ。

朴　私は検事さんたちを知っています。あの四人は、特に豊川さんは拘束されて断罪されるような人ではなかった。

任　それでも朝鮮総督府の一員であったことには変わらないでしょう。

朴　それを言うなら私もあなたもそうでしょう？

任　違います、彼等は日本人でしょう！

朴　日本人であるというだけで厳しい罰を与えるのですか？

任　それの何がいけないんです？

朴　新しい朝鮮の為に、我々は日本人を許すべきです。そうすることで我々は誇りを取り戻すことができる。

任　……私もそう思わないでもありません。だけど現実はそうは動かないでしょう。

朴　豊川さんは優しい方でした。我々に対してだって乱暴な振る舞いをすることは決してなかった。あなたの協力が必要です。手を貸してくれませんか？　お願いします。

任　（大きなため息をついて）とにかくここを離れましょう。一先ず私の家へ。

朴　ありがとうございます。

任、朴、退場。千造、李、登場。取調室内。

李　豊川千造、お前は検察官の職務を利用し、多くの罪のない朝鮮人民を起訴し、投獄した。そのことについてお前は罪を認めるな？

千造　毎日毎日、何故同じことを繰り返し言わなければいけないんだ。

李　日本人に自分の犯した罪を分からせる為だよ。

千造　…………

李　罪を認めるな？

千造　……認める。拷問による獄死には絶対に関与してない。しかし、その責任の一端は明らかに私にもある。

李　よし、良いだろう。今日はここまでにしておいてやる。（外に呼び掛ける）イム同志。

任、登場。

任　はい。

李　今日はこれで終わりにする。
任　はい。先程からキム同志がお呼びです。
李　分かった。

李、退場。任、辺りの様子を窺う。

千造　どうかしたんですか？
任　豊川さん、このままお待ちください。

任、退場。すぐに看守の格好をした朴を連れて戻ってくる。

朴　お久しぶりです、豊川さん。
千造　朴君……

任、退場。

千造　……君は、何をやってるんだ？

朴　お伝えしなければならないことがあります。

千造　？

朴　義男ちゃんが亡くなりました。

千造　え？

朴　九月十日です。私達は汽車が止まったので徒歩でソウルに向かいました。義男ちゃんは熱がずっと下がらず、38度線を越える前に……

千造　…………

朴　私が付いていながら、このような結果に……。申し訳ありませんでした。

千造　……義男が死んだ？

朴　申し訳ありません。

千造　…………

朴　奥様たちはソウルまでたどり着きました。プサン行きの汽車にも乗れたので、今頃は無事御帰国されているはずです。

千造　……義男。

朴　私は約束を果たせませんでした。そのことを謝罪したくて戻ってきました。その代わりなどとはとても言えませんが、豊川さんが何とか無事に帰国できるように力を尽くすつもりです。

間

千造 朴君。すぐに南に戻るんだ。

朴 豊川さん……

千造 義男のことは君のせいじゃない。君の未来を引き換えにしてまで私は助かりたくはない。

朴 ……豊川さんの歓迎会の時のこと、覚えてますか？

千造 ？

朴 (歌う) アーリラン　アーリラン　アーラアリーヨ

千造 朴君？

朴 あの時、豊川さんに何回も何回も歌ってくれって頼まれました。

千造 ああ、しまいには覚えてしまって一緒に歌った。

朴 後にも先にもそんな日本人はあなただけです。私は嬉しかった。それからもあなたは、何度も日本人の良心を私に見せてくださった。

千造　そんなことはないよ。私は自分可愛さに沢山のことを見て見ぬふりをしてきた。

朴　あなたが良心を見せてくれたように、今度は私が朝鮮人の良心を見せる番です。

千造　……もう十分だ。君は家族を京城まで送ってくれた。それで十分なんだよ。

朴　いいえ、豊川さん。何をもって十分とするかは私の決めることです。

千造　朴君……

任、登場。

任　パクさん、まだですか？　早くして下さい。

千造　朴君、考え直してくれ！

朴　さようなら。日本に帰ったら奥様にもよろしくお伝えください。

千造　朴君！

任　静かに！　もしばれたら全員殺されます。

朴、千造に笑いかけ、足早に退場。

任　行きましょう。

千造、任、退場。咲子、登場。

咲子　夫が帰国したのは私達の一年後、昭和二十二年一月のことだった。私と子供達は高知の駅で夫を出迎えた。無言で子供を抱きしめながら涙を流す夫を見て、私も涙を止めることができなかった。それから私達一家は黙ったまま豊川家のお墓に向かった。義男の遺髪を納めたお墓の前で泣きじゃくる夫の姿を、私は生涯忘れる事はないだろう。

千造、登場。戦後、昭和二十八年。豊川家。

千造　僕が人の心の痛みを理解できたのは、義男が死んだことを知った時だ。

咲子　………

千造　我が子を失って初めて自分の罪深さを知った。そして生きて日本の土を踏むことはできないと覚悟したよ。
咲子　でもちゃんと帰国してくれましたね。
千造　ああ……。
咲子　せっかく帰ってこられたんだから、長生きして下さいねお父さん。
千造　今度の戦争では朝鮮人同士が戦った。沢山の人が死んで、国土も人心も荒れ果てているだろう。
咲子　……パクさん、どうしているかしらね？
千造　どんな形でも良い、生きていて欲しい。そう願うしかない。
咲子　私、パクさんに戻らなくて良いって言ったんですよ。
千造　え？
咲子　平壌に戻るって聞いた時、そんな危険を冒すことはないって。
千造　朴君は何て言ってた？
咲子　これは私の我がままですからって。
千造　……そうか。
咲子　パクさんは、お友達が平壌にいるから助けに行くって言ったのよ。
千造　………

咲子　お父さんのことを言ってるって分かってたんだけど……
千造　ああ、それで良かった。君は間違ってないよ。
咲子　そうかしら？
千造　もっと言えば、それで彼が平壌行きを諦めてくれればなお良かった。
咲子　……
千造　彼がなんでそこまでしてくれたのか。……自分がそこまで価値のある人間だとも到底思えない。
咲子　あんまり難しく考えても仕方ないんですよ。パクさんはそうしたかったからそうしてくれた。そう思うしかないじゃありませんか。
千造　……

間

荒木の声　ごめんくださーい。
咲子　荒木さんね……
千造（苦虫を噛み潰したような顔）……

咲子　どうします？

千造　居留守を使うわけにもいかんだろう。

咲子、一旦退場。荒木を連れて戻ってくる。千造も別に一旦退場。

荒木　奥さん、遅くに申し訳ないね。

咲子　いえ、少しお待ちください。

荒木　ああ。

咲子、退場。千造、封筒を持って戻ってくる。

荒木　ああ、豊川君。こんな時間にすまん。

千造　これを……（封筒を渡す）

荒木　（押し戴いて）いつもありがとう。ありがたく頂戴する。

千造　あなたの会の理念には賛同せざるを得ません。

荒木　シベリアからの帰国事業はもう数年で片が付くよ。一人でも多くの同胞が無事日本の土を踏めるよう尽力することを約束する。

千造　……是非ともそうしてください。

荒木　朝鮮動乱もいよいよ停戦だな。

千造　そのようですね。

荒木　停戦したら、北朝鮮の残留日本人についても調査を要求するつもりだ。

千造　ええ。

荒木　……ところで、この前の話は考えてくれたか？

千造　この前の？

荒木　ああ、講演会の話だよ。

千造　それはお断りしたはずですが。

荒木　そう言わず、引き受けてもらえないか？

千造　私には朝鮮の人を悪く言うことはできません。

荒木　何故だ？　君は実際に北朝鮮で捕まり、過酷な状況を生き延びたんだろう？

千造　……あなたと違ってね。

荒木　………………

千造　大事な友人が海の向こうにいますから。

朴、承化、仁恵、登場。千造、荒木、退場。平壌貧民街、崔親子の家。昭和二十年十二月。

朴　ですから、豊川検事はヨンリプさんの拷問には関与していません。

仁恵　信じられません。

朴　豊川さんの反抗に腹を立てた憲兵隊長は、おそらくあてつけのようにヨンリプさんたちの拷問を命じたのです。……決して許されてはいけない蛮行です。しかし、それは豊川検事のしたことではない。

仁恵　……そこまで言うなら、証拠を見せて下さい。

朴　あるなら最初から見せてます。

仁恵　では証拠もなく、あの豊川という日本人を信じろということですか？

朴　そうです。

仁恵　そんなことできるわけないじゃないですか。何度来ても答えは同じですよ。

朴　…………

仁恵　私は自分を責めてきました。女の浅知恵で、あなたとあの日本人を頼ったせいで

朴　夫は拷問された。今でも、そう考えると悔しくて悔しくて……
仁恵　それは豊川検事も同じです。あの人も強い自責の念にかられていました。豊川さんは仇ではないんです。
朴　だからそんなことは信じられません。
承化　インフェさん……
朴　……あんたはこの辺の人じゃない。多分ソウル辺りのお坊ちゃんだろう？
承化　そうです。
朴　そんなあんたが何故北に留まっている？
承化　解放後、一度はソウルに帰りましたが、またこっちに戻ってきました。
朴　何故？
承化　私は豊川さんの力になる為にもう一度ピョンヤンに行こうと決めました。
朴　親不孝だな。どれだけ御両親が悲しんでいることか……。だがあんたみたいな学のある人が、我が身を顧みずに助けたいと思うんだ。多分、豊川というのはそれだけの男なんだろうな。
仁恵　お父さん、その人は日本に魂を売った裏切り者じゃないんですか？
承化　自分可愛さに魂を売った人間ならここにいるはずがない。

仁恵　何でそんなことが分かるんですか？
承化　分かるさ、この人は一切自分の得にはならないことに命を懸けてるんだ。そういう人間は信じるに値する。
仁恵　分かりません！　この人がどんな人だろうがヨンリプも子供らも帰ってこないんですよ！
承化　私は日本人の誰もかもが憎いんじゃない。実際に私達を傷付けた日本人が憎いんだ。そして、この人の言うことを信じるなら、あの豊川はそうじゃない。
朴　……ありがとうございます。
承化　しかし、私がそれを認めたと言っても、あの日本人を救うのは難しいだろうな。
朴　……それがその通りだとしても、何もしないではいられませんから。
仁恵　なんでですか？　なんであなたがそこまで一生懸命になって日本人をかばうんです。
朴　……スンファさん、併合される前のこの国を覚えていますか？
承化　当たり前だろう。
朴　国民誰もが飢えず、政情も安定し、よその国に対しても堂々と張り合うことのできる実力を持った国でしたか。

承化　……食い詰めた小作人の多い、偉い者は権力闘争に必死で民衆を顧みない、到底外国と戦うことなどできない国だったな。

仁恵　だから併合されて仕方なかったと？

朴　まさか。そんなことは言いません。しかし、王朝末期の朝鮮が行き詰まった社会であったことは確かです。

承化　………

朴　本当なら私達は自分の手で朝鮮を生まれ変わらせなければいけなかった。だけどできなかった。翻って今、我々はやっとその機会を得ました。

承化　………

朴　難しい情勢ではありますが、それでも今、朝鮮人による朝鮮が誕生しようとしている。新しい朝鮮を世界に誇れる国にする為に、我々は、朝鮮人だから日本人だからではなく、人間一人一人を大事にする国を作るべきなのではないでしょうか？

承化　………

朴　私は日本の朝鮮統治を反面教師としてそう考えるようになりました。確かに日本人は失敗しました。だからといって、罪のない日本人まで断罪してしまっては、我々も失敗した日本人と同じということになってしまう。私はそれが許せないのです。

承化　……パク・チュンナム君といったか？

朴　はい。

承化　もうここには来るな。君の言いたいことは分かった。君は今すぐ、ソウルの御両親のところに戻りなさい。

朴　ご心配ありがとうございます。でも私は豊川さんの人民裁判を見届けます。

承化　……止めても無駄なんだろうな。

朴　はい。……スンファさん、インフェさん、お話しする機会を与えて下さってありがとうございました。

仁恵　…………

承化　捕まるなよ。

朴　はい。

朴、礼をして退場。

仁恵　今更、証言を引っくり返したら、私達が人民委員に睨まれます。

承化　……お前は心配しなくて良い、言われた通りに証言なさい。

仁恵　お父さんは？
承化　私も言われた通りに証言するさ。
仁恵　そうしてください。

　承化、仁恵、退場。金、李登場。任に引き連れられて検事局の四人登場。金と李の前まで歩き横に並ぶ。四人とも疲れた様子。人民裁判委員執務室。

李　取調によりまして、この四人の朝鮮人民に対する罪を立証できました。人民裁判を請求いたします。
金　請求を認めます。日本人諸君。聞いた通り、数日中には人民裁判を行う。何か言いたい事があるなら聞いてやるぞ。
中垣　じゃあ、一つ言わせてもらおうか。
金　良いだろう。
中垣　……この四人の中で首席は私だ。私が責任を取るから、他の三人は日本に帰してやってくれないか。
千造　中垣さん、何を言ってるんですか！

中垣　私達はあくまで文官だ。この手で銃を持ったわけでも、朝鮮人を鞭打ったわけでもない。

李　お前達は無実の朝鮮人民を牢に送る事ができただろう？

中垣　……私自身が罪を逃れる気はない。ただ公正な判断を祈るのみだ。

川崎　……僕は日本人だけど、生まれも育ちもこっちだ。今でも朝鮮が故郷だと思っている。この地でずっと暮らし、働き、骨を埋める覚悟だった。

李　お前が何を望もうと勝手だが、我々はそれを望んではいない。

川崎　日本人を憎む気持ちも理解できなくはない。しかし、平壌周辺の工業地帯も、今では珍しくもなくなった鉄道も、満州との国境に巨大な水豊ダムを造ったのも、我々日本人だ。

李　それはお前等がお前等の都合で作ったものだ。まさか朝鮮人の為に作ってやったとでも言う気か？

川崎　僕が言いたいのは、朝鮮をふるさとと思う日本人もいるということだ。僕等はこの土地を自分の故郷と思い、故郷の為に力を尽くした。そういう日本人がいたということを、この土地がわずかでも記憶してくれることを望む。以上だ。

緒方　じゃあ私も。……私は、朝鮮の現在と未来に対してお悔やみを申し上げる。どうやら朝鮮は現在、北と南の二つに分かれている。日本に併合され、解放されたと思ったら今度は真っ二つに分断される。

李 ……誰のせいだと思ってるんだ。

金 イ同志。

緒方 勿論、日本の責任も皆無じゃない。だからこそ君等の現状と未来について、同情を禁じ得ない。かつて同胞であった日本人として、朝鮮半島の未来が明るいものであることを祈るよ。

金 終わりか？

緒方 ああ。

金 （千造に）何かあるか？

千造 ……何もない。

金 では数日後の人民裁判で諸君の処遇を決定する。

李 ……楽しみにしておけよ。

金、李、退場。中垣、緒方、川崎、退場。照明が変わる。人民裁判法廷。

千造　人民裁判の請求がされた五日後、私の人民裁判が開かれた。それは屋外のちょっとした広場で行われ、一般市民が見世物を見るように私を取り囲んだ。

裁判を傍聴する市民のざわめきが聞こえてくる。任、千造に近付く。

任　(声を潜め)パクさんも市民に紛れて近くにいるはずです。

千造　……さっさと逃げて欲しいところですね。

任　私もそう思ってます。

金、李、登場。

金　これより、日本人豊川千造の朝鮮人民に対する犯罪を裁く人民裁判を開廷する。被告人、自分の口で所属姓名を言いなさい。

千造　朝鮮総督府平壌地方法院検事局検察官、豊川千造。

金　今から君の犯罪行為を立証し、その処遇を決定する。取調官。

李　被告人、豊川千造。お前は一九四一年より、ここピョンヤンで検察官を務めた。この事に間違いはあるか？

千造　間違いありません。

李　よろしい。ではこれより君の罪状を読み上げる。（紙を取り出す）被告人、豊川千造が我々朝鮮人民に対して犯した罪は、概ねにして他の検察官三名と同様である。一つ、職務の上で朝鮮人民に対して著しい不利益を与えたこと。一つ、治安維持の名目で、何等の証拠もなく、無実の朝鮮人民を逮捕、拘束、起訴し、最終的には投獄にまで追い込んだこと。一つ、その取調に際し、朝鮮人民を残虐としか言いようのない拷問にかけ、幾人かはその拷問によって死に至ったこと。これらの点に鑑みても、被告人が朝鮮人民に対し罪を犯したことは明らかである。

金　被告人。読み上げられた罪状について、何か発言することはありますか？

千造　……ありません。

李　次に、証人を呼んでもよろしいでしょうか？

金　許可します。

任、崔親子を連れて登場。千造、崔親子に対し、深く頭を下げる。任、退場。

李　チェ・スンファ同志とその娘チェ・インフェ同志です。被告人、彼等に見覚えは？

千造　あります。

李　それはいつ、どこで？

千造　三年前、裁判所です。

李　どういう用件で？

千造　独立運動家として逮捕されたホン・ヨンリプさんを助けて欲しいと相談されました。

李　証人に尋ねます、被告人の言っていることは事実ですか？

仁恵　はい。

李　ホン・ヨンリプとあなた方の関係は？

仁恵　ヨンリプは私の夫です。

李　その後、ホン・ヨンリプはどうなりましたか？

仁恵　……獄死しました。

李　死因はなんですか？

仁恵　急な病死と聞かされました。ですが、実際は酷い拷問の結果だと思っています。

李　遺体は御覧になりましたよね？　どんな様子でした？

仁恵　……体中、傷だらけで腫れ上がっていました。赤黒い、見たこともないような色で……顔も……

承化　すまんが、あまり生々しい質問は勘弁してやってください。

李　失礼しました。被告人、今までの話は事実か？

千造　……事実だ。

李　三年前、このピョンヤン周辺で多くのクリスチャンが独立運動家として逮捕されました。ホン・ヨンリプは独立運動家でしたか？

仁恵　いいえ。

李　クリスチャンでしたか？

仁恵　いいえ。

李　ホン・ヨンリプは、独立運動家でもクリスチャンでもなかったのです。ですが、日本人は彼をクリスチャンの独立運動家と決めつけ、逮捕・監禁しました。御主人はどんな方でしたか？

仁恵　真面目でお人好しのただの百姓でした。

李　彼が日本人に殺されなければならない理由があったと思いますか。

仁恵　思いません。

李　我が同胞ホン・ヨンリプは何の罪もなく、何らの確固とした証拠もなく、逮捕され、残虐極まりない拷問によって命を奪われた。働き手を失った家族は先祖代々の土地さえ追われ、貧窮し、毎日の暮らしさえままならず、貧しさの故に幼い子供の命さえ守れなかった。豊川千造、この事実に対し何か言うことはあるか？

千造　……私のせいでこの人たちの家族が命を落としたのは事実です。

承化　少しよろしいでしょうか？

金　どうぞ。

承化　この日本人がヨンリプを拷問するように命令したのでしょうか？

金　どういう意味ですか？

承化　その命令を下したのがこの男なら、是が非でも罰していただきたい。だがもしそうでないなら、私はこの男には興味がありません。

李　チェ同志、何を言ってるんですか？　この男は自分で自分の罪を認めてるんですよ？

承化　ですが、自分が命じたとは言っていない。なあ、あんた。あんたがヨンリプを拷問しろと命令したのか？

李　勝手に被告人に質問するな！

承化　私はヨンリプの義父だ。これくらいは聞かせてくれ。
仁恵　お父さん……
承化　これは我々朝鮮人民の為の裁判だ。そうではありませんか？　裁判長様。
金　被告人、証人の質問に答えなさい。
間

千造　ホン・ヨンリプさんの拷問を命じたのは私ではありません。
承化　そうか。
千造　私は誤認逮捕された彼を助けたかった。しかし、それが裏目に出てしまいました。
承化　信じるよ、日本人。報いを受けるべきはあんたじゃない。
李　何を馬鹿なことを！
承化　親身になって訴えを聞いてくれたことは感謝しています。しかし、私の逆恨みだったようです。裁判長様、私が間違っておりました。お詫び申し上げます。
金　お話は分かりました。インフェ同志も同じご意見ですか？
承化　裁判長様、娘には娘の考えがあるはずです。

仁恵　……私は父の意見は正しくないと思います。罪を認めている以上、この人には夫の死に対する責任があると思います。どうか罰を与えて下さい。
金　分かりました。イ同志、他に話すべきことはありますか？
李　……以上です。
金　最後に何か言うことはありますか？
千造　……ありません。
金　では日本人豊川千造に対する人民裁判を閉廷します。

金、李、承化、仁恵、退場。

千造　その三日後、私達四人に判決が言い渡されることになった。場所は先日と同じ広場。前回と同じく多くの一般市民が見物に訪れ、日本人に罰が下される瞬間を目撃しようとしていた。

中垣、緒方、川崎、任に連れられて登場。

中垣　(周囲を見回して)やれやれ、今日も我々は大人気だ。
緒方　まったく、憲兵の連中にも見せてやりたい光景ですね。
川崎　(ふらつき咳き込む)
千造　川崎君……
川崎　大丈夫です……皆で日本に帰りましょう。
千造　ああ、そうだな。

金、李、登場。

金　それではこれよりピョンヤン地方法院検事局の四名の処遇を言い渡すものとする。……中垣飛松、緒方武夫の二名を有罪とする。即日、その身柄をソビエト軍に引き渡し、シベリアに移送。ソビエト軍の管理下にある収容所に収監するものとする。
中垣　……シベリアか。
金　豊川千造、川崎豊彦の二名を無罪とする。その身柄を一旦ピョンヤンのソビエト軍管理下の収容所に収監し、準備が整い次第、日本に送還するものとする。以上で人民裁判を閉廷する。

金、退場。李、憎々しげに千造を睨む。

李　残念だよ、豊川検事。

千造　…………

李　だが覚えておけよ、我々はお前達のしたことを決して忘れない。

千造　ああ、よく覚えておくよ。

李、憤然と退場。

任　中垣、緒方。お前達の身柄はこの後すぐにソビエト軍に引き渡される。

緒方　ここでお別れだね。

千造　…………

任　あちらで待つ。準備ができたら来い。

任、退場。

緒方　別れを惜しむ時間をくれたってことですか。
中垣　そうだよ、ありがたいじゃないか。
千造　……中垣さん、緒方さん。
中垣　二人ともそんな顔するなよ。何も気にしないで良いよ、君等が帰国できて良かった。
川崎　すいません……
緒方　謝ってどうする。日本で養生してくれよ。
川崎　……はい。
中垣　頼みがあるんだ。
千造　何でしょう？
中垣　日本に帰ったら、余裕ができてからで良いから、私の家族に会いに行ってやってくれるかな？　事の顚末を説明してやってくれ。
千造　はい、必ず。
緒方　じゃあ、私も頼むとしようかな。
千造　はい。

　言葉が途切れる。それぞれ万感の思いがあるが口を開けない。しばらく沈黙。

中垣　（明るく）さて、それじゃあ、しばしのお別れだ。

千造　お体、大切にして下さい。

川崎　日本で待ってます。

中垣　ああ、帰ったら遊びに行かせてもらうよ。

　四人、握手を交わす。

中垣　行こうか。

緒方　ええ。川崎君、早く体を治せよ。

川崎　はい。

中垣　じゃあね。

　中垣、緒方、退場。

川崎　豊川さん、僕もお願いしていいですか？

千造　何をだい？

川崎　僕が帰れなかったら、家族に会いに行ってやってください。

千造　川崎君……

　　川崎、真顔で千造と向き合う。千造、何も答えられない。

川崎　（笑顔で）冗談ですよ。無罪になったのにそう簡単には死ねませんよ。

　　川崎、退場。

千造　首席と次席は有罪。三席、四席は無罪。私達四人に下った判決はごく機械的なものだった。その結果、中垣さんと緒方さんはシベリアに送られていった。その先で彼等がどんな地獄を見たのか私には分からない。……川崎君もまた日本に帰ることは出来なかった。ひと月後、彼は収容所でチフスに罹り亡くなる。生まれ育った朝鮮の土の下に葬れたことだけが、ほんのわずか私の心を慰めた。

金、李、登場。千造、退場。

金　首席、次席、二人は有罪。残りは無罪。ソビエト軍の決定なんだ、それがどんな内容だろうと呑まざるを得ない。

李　キムさん、あなたは悔しくはないんですか？

金　私は君のようには感じない。悔しいとも思わない。何故だと思う？

李　分かりません。

金　……人間というのは、自分の命よりも大切なものなんて持ってないんだよ。

李　私は長い間、日本軍を相手にして実戦を戦ってきました。命よりも祖国と誇りが大切です。

金　同志、死んだ仲間の為にも長生きしたまえよ。

李　そんなことはどうでも良いんです！　それより豊川、川崎にも罰を与えてくださ い！

金　判決は覆せない。それに下手を打ってソビエトに睨まれるわけにはいかない。

李　俺はソビエトの犬になる気はない！

金　……君から見れば私はソビエトの犬だろう。それでも良い、私は生き延びて朝鮮の頂点に立ってみせる。

李　…………

金　解放されたと言っても南北に分断された朝鮮の前途は多難だ。そして我々の前途も決して楽なものじゃない。権力を握るか、粛清されて死ぬか。私の未来はこの二種類しかない。

李　…………

金　私はどんなことをしてでも生き延びてみせるよ。君は生き延びたくはないか？　どうせなら権力を摑みたくはないか？

李　…………

金　まずは私と一緒に権力を摑み、それから南北を統一して民族独立の悲願を果たそう。君の死んだ仲間もそれを望んでいるはずだ。

李　…………

金　新しい朝鮮の歴史を我々の手で作ろう。

李　……はい。

金、李、退場。千造、荒木、登場。昭和二十八年日本国内、豊川家。

荒木　それで朴君は今は？
千造　それは分からないままです。
荒木　もう生きてはいないだろうな。
千造　……あなたの仰る通りかもしれない。でも私如きの為に命を懸けてくれた朴君の気持ちを、私は一生忘れないでしょう。
荒木　まあ、それは良い。しかし、朝鮮人が我々を非人道的に扱ったのは確かだ。
千造　…………
荒木　中垣、緒方の両名はシベリアに連れ去られ、未だに所在が分からない。川崎君も帰国を待たずに亡くなった。判決が出てすぐに帰国できれば、命を落とさずにすんだのかもしれない。
千造　…………
荒木　君が朴君に義理立てする気持ちは分かるよ。
千造　取って付けたように朴君なんて言わないで下さい。あなた、ずっと朴、朴って呼び捨ててたじゃないですか。

荒木　私はやはり君に講演会で話をしてもらいたい。あの時期、朝鮮で何があったのかを多くの日本人に知ってもらいたい。頼むよ、豊川君。これは未だに帰国のできていない可哀想な同胞の為なんだ。この通りだ。（頭を下げる）

千造　……一つ噂を聞きました。

荒木　噂？

千造　あなたが国政選挙に打って出るっていう噂です。本当のことですか？

荒木　国会に立って、残留日本人の苦境を訴える為だ。私心は一切ない。

千造　信じませんよ。私は元憲兵隊長を政治家にする手伝いなんてまっぴらです。

荒木　…………

千造　あなたの会の理念には賛同します。だからと言って、私があなた個人を許したわけではない。

荒木　君が帰国するまで苦労したことはよくよく承知している。小さなお子さんを亡くしたことにも、心底同情している。私だって人の親だ、君の悲しみは分かる。

千造　勘違いしないで下さい。私の身に起こったことの責任をあなたに求めているんじゃない。私が許せないのは、民間の日本人を見捨てて逃げたこと……

荒木　（遮る）待ってくれ、いち早く避難したのは私だけじゃない。

千造　他の軍人の話なんて今はしてません。私はあなたの話をしているんです。……もう一点、あなたは向こうで朝鮮人を蔑み、職権を悪用し力で抑えつけた。あなたの命令で死人まで出たことを忘れたとは言わせませんよ。

荒木　（苦笑い）……君がそれを言うか？　君だって似たようなもんだろう。

千造　だから私は絶対に自分を許さない！

荒木　………

千造　そうだよ、私だって似たようなものだ。何にも止められなかった。沢山の朝鮮人が虐げられていたのに、何にも変えられなかった。

荒木　あれが我々の正義だったとしか言いようがない。君だって大東亜共栄圏の理想を信じていただろう。

千造　その通りです。そして悔やんでいますよ。他人の土地にずかずかと上がり込んで理想もへったくれもない。何がアジアの解放ですか？　自分が人を踏みにじっておいて何を解放するって言うんですか？

このあたりで大声に驚いて咲子、登場。様子を見ている。

千造　人の親だから気持ちが分かるって言いましたね。私達が虐げた朝鮮人も、誰かの親で誰かの子供だった。そんな簡単なことさえ理解できなかった私達に、朝鮮の人を責める資格がありますか？　非人道的なんて言えた義理がありますか？

荒木　だが黙っていても帰国事業は進まない。

千造　責めることからじゃなくて、省みることから始めようって言ってるんです。そうして初めて、対話ってものが成立するんです。

荒木　奴等に対して弱気を見せれば付け込まれるだけだ。

千造　そんなことはない。朝鮮にも、こんな罪深い私を信じてくれた人がいた。御礼を言ってくれる人がいた。命を懸けて良心を見せてくれた人がいた。海の向こうもこっちも変わらない。同じ人間なんです。

荒木　……そんな甘い考えの日本人がいるから、戦争にも負けたんだ。

千造　それは事実ではありません。大日本帝国は負けるべくして負けたんです。

荒木　非国民め……

千造　……あなたは可哀想な人ですね。

荒木　何だと？

千造　あなたが人を認めなければ、人もあなたを認めはしないんですよ。
荒木　侮辱するのか！
咲子　ちょっとお父さん、時間を考えて下さい。ご近所迷惑ですよ。

千造、荒木、ばつが悪そうに黙る。

千造　……すまん。
荒木　失礼した。
咲子　荒木さん、こうしたら良いんじゃありませんか？
荒木　？
咲子　うちの人が話すなら、荒木さんも戦中にしたことを堂々と話してください。二人一緒に講演会で話すんです。どうですか？
千造　ああ、それなら考えても良いですよ。ちゃんと正直に話してくださいね。
荒木　貴様……
咲子　どうです？
荒木　……失礼する。（退場しようとする）

咲子　お構いもしませんで。
荒木　いいえ、お邪魔しました。
千造　今まで通り寄付は続けますよ。

　　荒木、それには答えず退場。沈黙。

咲子　男の人は喧嘩が好きね。疲れるだけなのに……
千造　君の言う通りだ、熱くなり過ぎた。
咲子　良いんですよ、今のはお父さん悪くないですから。
千造　そう思うか？
咲子　私もちょっとすっきりしたわ。
千造　……ありがとう。
咲子　でも荒木さんに寄付した分は晩酌で節約しますからね。
千造　！
咲子　食べ盛りの子供らの食費を削るわけにはいかないでしょう？
千造　……分かったよ。

間

千造　なあ。
咲子　なんです？
千造　いつかもう一度行こうか。
咲子　…………
千造　もう一度、行かないか？
咲子　そうですね、一緒に行きましょう。
千造　……ああ。
咲子　いつか行けるといいですね。
千造　…………

咲子、アリランを口ずさむ。千造、それに和す。だんだんと舞台が暗くなる。
朴、登場。満足気にただ遠い空を見ている。やがて完全に暗転する。

終

参考文献

『追憶のアリラン』を構想・執筆にあたって以下の文献を参考にいたしました（順不同・敬称略）。各著作の作者及び著作権保持者に深く感謝の意を表します。

山辺健太郎『日本統治下の朝鮮』一九七一年、岩波書店
ヨーコ・カワシマ・ワトキンズ『竹林はるか遠く―日本人少女ヨーコの戦争体験記』二〇一三年、ハート出版
高崎宗司『植民地朝鮮の日本人』二〇〇二年、岩波書店
坪井幸生『ある朝鮮総督府警察官僚の回想』二〇〇四年、草思社
清水徹『忘却のための記録―1945-46恐怖の朝鮮半島』二〇一四年、ハート出版
趙景達『植民地朝鮮と日本』二〇一三年、岩波書店
和田春樹『北朝鮮現代史』二〇一二年、岩波書店
久木村久『北朝鮮からの生還―ある10歳の少年の引き揚げ記録』二〇〇六年、光人社
文京洙『韓国現代史』二〇〇五年、岩波書店
桜の花出版編集部『朝鮮総督府官吏最後の証言』二〇一四年、桜の花出版
藤原てい『流れる星は生きている』二〇〇二年、中央公論新社

『追憶のアリラン』語句解説

作成＝古川健

【国名・地名】

朝鮮 大韓帝国が大日本帝国に併合され、朝鮮と呼称されるようになる。本作における「朝鮮」は日本統治時代の包括的な呼称であり、現在の韓国・北朝鮮の呼び名の問題とは無関係である。国名の変遷を記すと、朝鮮国（李氏朝鮮）→大韓帝国→朝鮮（日本統治時代）→大韓民国（南半分）・朝鮮民主主義人民共和国（北半分）となる。

平壌府（へいじょうふ） 現在の北朝鮮首都ピョンヤン直轄市。朝鮮北部の中心都市。宣教師から「東洋のエルサレム」と呼ばれ、朝鮮半島のキリスト教布教の中心だった。

京城府（けいじょうふ） 現在の韓国首都ソウル特別市。一三九四年から李氏朝鮮の都として栄えた歴史の古い都市。日本統治時代も引き続き中心都市とされ、朝鮮総督府など各種公官庁が置かれた。朝鮮唯一の官立大学、京城帝大も開校されていた。

釜山（ふざん） 現在の韓国南東部の港湾都市プサン広域市。日本に近い地理的な条件から朝鮮半島と日本とを結ぶ交通の要衝として栄えた。

【組織（日本統治下）】

朝鮮総督府　韓国併合後、日本により朝鮮支配の為に設置された官庁。立法権、行政権、司法権など絶大な権限を有し、日本の支配の中心的な役割を果たした。多くの朝鮮人職員を抱えていたものの、重要な役職はほとんど日本人で独占されていた。

地方法院　現在の日本の司法制度では地方裁判所に該当する。地方法院検事局は現代風に言うと地方裁判所検事局となる。

憲兵隊　本来は軍事警察として軍人による犯罪を取り締まる役割を果たす。朝鮮における憲兵は朝鮮人による抗日・民族主義運動の取り締まりを主任務とした。不逞鮮人の取り締まりと称し、苛烈な弾圧を行った。

【組織（朝鮮人）】

人民委員会　一九四五年八月十五日の日本降伏以降、解放された朝鮮半島各地で、自発的に誕生した自治組織。左右両派の共存するものが多かったが、米ソ両軍が38度線を挟んで進駐してくると、北では社会主義者、南では民族主義者が次第に中心となり、それ以外の者は排除されていった。

人民裁判　法律に依らず、結束した人民が自らの意志と力において行う裁判。本作においては、平壌人民委員会がソ連軍の指導の下に人民裁判を行い、日本人を裁いている。

抗日戦線　抗日パルチザン、抗日ゲリラとも。満州に拠点を置き、朝鮮独立を目指して武装闘争を戦った朝鮮人勢力。日本の厳しい弾圧により多くの者が命を落とした。後の北朝鮮指導者金日成

（キム・イルソン）はこの勢力のリーダーの一人だった。

【歴史的出来事】

韓国併合　一九一〇年、日韓併合条約により、大韓帝国は消滅し大日本帝国の一部となる。一九四五年までの三十五年間日本支配は続き、近代化が進められた事実はあるものの、多くの朝鮮人が経済的に貧窮したり、差別的に扱われた。

土地調査事業　朝鮮総督府の行った事業。土地の所有者はそれを申告せよという、一見すると穏健なものだが、当時の農民は識字率が低く、申告のできなかった者の土地は容赦なく没収され、日本人に払い下げられた。

朝鮮動乱　朝鮮戦争の日本での呼称。一九五〇年、北朝鮮軍が統一を目指し38度線を突破、南進。韓国軍と戦闘を開始する。南側としてアメリカ軍を中心とした国連軍、北側にも中国軍が参戦し、一九五三年まで激しい戦闘が行われた。両国の支配地域が南北を移動するに伴い、南北両軍による民間人の虐殺も数多く行われた。最終的な民間人の犠牲者は百万とも二百万とも言われている。

【その他】

アリラン　朝鮮人に最も好まれている朝鮮民謡の一つ。アリラン峠という架空の峠を越える人の心を歌ったもの。

内鮮一体　日本と朝鮮が一体となって戦争を戦おうというスローガン。

大東亜共栄圏構想　太平洋戦争を正当化する日本の理論。アジアから欧米を追い出し、アジア全体で栄えようというもの。

朝鮮におけるキリスト教　朝鮮では日本と比べてもキリスト教が強い勢力を持っていた。特に平壌周辺はキリスト教徒、特にプロテスタントが多く、抗日・民族主義運動の中心となっていた。

朝鮮人の姓　儒教倫理に則り先祖を大事にする朝鮮では、結婚しても女性は改姓しない。夫婦別姓である。

『追憶のアリラン』関連年表

一八六八年（明治元年）
日本、明治維新。明治政府は鎖国を続ける李氏朝鮮に開国を求めるようになる。
一八七三年（明治六年）
日本、征韓論（武力で朝鮮に開国を迫るという論）盛り上がる。
一八七五年（明治八年）
江華島事件。日本、朝鮮に開国を迫る為にソウルに近い江華島に軍艦を派遣。江華島砲台がこれを砲撃する。
一八七六年（明治九年）
前年の事件の後始末として、日本との開戦を望まない朝鮮が、日朝修好条規（不平等条約）に調印。開国の道を歩む。開国により、朝鮮が日本と清国の勢力争いの場となる。
一八九四年（明治二十七年）二月
東学党の乱（甲午農民戦争）。開国政策により貧窮した農民が全国的に蜂起。朝鮮政府は自力で鎮圧できず、清国軍と日本軍の介入を招く。
同年、八月
日清戦争勃発。乱後の撤兵をめぐり日清両国が対立。朝鮮における優先権を巡って開戦。朝鮮は地上戦の主戦場となる。
一八九五年（明治二十八年）四月
日本、日清戦争勝利。下関条約により朝鮮から清の影響力を排除。
同年、十月
閔妃暗殺事件。清に代わってロシアに接近し、日本を排除しようとした朝鮮王妃閔妃（ミンビ）が三浦梧楼公使他の日本人に王宮で殺害される。
一八九六年（明治二十九年）一月
義兵闘争。朝鮮国民の日朝両政府に対する反感が高まり、武力蜂起に及ぶ。
一八九七年（明治三十年）十月
朝鮮、国号を大韓帝国と改める。
一九〇四年（明治三十七年）二月
日露戦争勃発。開戦と同時に日本は武力で朝鮮半島を制圧。韓国内の駐留権と内政干渉を認めさせる日韓議定書を調印させる。植民地化の第一歩。
同年、八月
第一次日韓協約調印。これにより韓国政府は日本政府の選んだ人物を財政・外交の顧問に任命しなければならなくなった。

一九〇五年（明治三十八年）九月
日露戦争終結。日本が韓国に権益を持つことをロシアに認めさせる。
同年、十一月
第二次日韓協約調印。韓国の外交権が奪われる。事実上の保護国化。
一九〇七年（明治四十年）七月
第三次日韓協約調印。韓国の内政も日本に掌握される。また韓国軍が解散。警察権と司法権も日本に委任された。これに反発した義兵闘争が高揚。日本軍も武力で対抗し、併合までの三年間に約一万八千人を殺害する（日本軍の死者は百三十三人）。
一九〇九年（明治四十二年）十月
伊藤博文暗殺事件。初代韓国統監伊藤がハルビン駅で韓国人安重根に銃殺される。これにより併合への流れが加速。
一九一〇年（明治四十三年）八月
日韓併合条約調印。韓国が日本に併合され、朝鮮と改称。統治機関として朝鮮総督府が設置される。韓国の全政治団体が解散、あらゆる集会が禁止、韓国語の新聞も全て廃刊。
一九一二年（大正元年）
土地調査令発布。この土地調査事業によって多くの土地が日本人に奪われ、朝鮮人の経済に深刻なダメージを与える。

一九一九年（大正八年）三月
三・一独立運動。近代朝鮮史最大の抗日運動。ソウルから全国に広がる。日本は武力で弾圧。逮捕、投獄、拷問、虐殺の徹底弾圧で五月には収束。
一九二三年（大正一二年）九月
関東大震災。デマに踊らされた軍・警察・大衆により多数の朝鮮人が虐殺される。
一九二四年（大正十三年）五月
京城帝大開校。ソウルに帝国大学が設立。
一九三一年（昭和六年）九月
柳条湖事件。満州事変勃発。日本軍が満州を武力支配する。この頃、満州で朝鮮人の抗日武装闘争始まる。
一九三七年（昭和十二年）七月
盧溝橋事件。日中戦争勃発。朝鮮は大陸兵站基地と位置付けられる。戦争協力の為、「内鮮一体」のスローガンが唱えられる。
同年、十月
皇国臣民ノ誓詞発布。朝鮮人に天皇への忠誠を誓わせる皇民化政策の始まり。
一九三八年（昭和十三年）三月
朝鮮教育令改正。朝鮮語での授業を実質的に禁止。
一九三九年（昭和十四年）九月

朝鮮人労働者の集団募集開始。

一九四〇年（昭和十五年）六月
神社不参拝運動を起こしたキリスト教徒を一斉検挙。約二百の教会が潰され、二千人以上が逮捕された。

一九四一年（昭和十六年）十二月
太平洋戦争勃発。戦時体制下で日本国内の様々な不足を補う為に、朝鮮への締めつけが強まる。

一九四二年（昭和十七年）五月
慰安婦を大々的に募集。

一九四四年（昭和十九年）
朝鮮徴兵令施行。志願制から徴兵制に移行。

一九四五年（昭和二十年）八月九日
ソ連参戦。日ソ中立条約を破りソ連軍が満州はじめとする日本領に侵攻。日本軍は敗走、取り残された民間の日本人は凄惨な状況に追い込まれる。

同年、八月十四日
トルーマン米大統領、北緯38度線で朝鮮を分割することをソ連に提案。ソ連指導者スターリン、これに同意。

同年、八月十五日
日本降伏。朝鮮半島の日本支配終了。朝鮮各地で自治組織的な人民委員会が組織される。日本支配の象徴であった各地の神社は焼かれ、報復的なリンチ、略奪が始まる。

同年、九月六日
国内独立派により朝鮮人民共和国が宣言されるも、進駐してきた米ソ双方が否定。朝鮮人独自の建国は認められず、北はソ連、南はアメリカの指導の下に置かれる。

同年、十月
朝鮮共産党北朝鮮分局が設立。責任書記に金日成就任。以降の38度以北の中心となる。

一九四五年〜四六年（昭和二十年〜二十一年）
南北の分断により、多くの日本人が朝鮮北部に取り残される。三万五千人の日本人が冬を越せず死亡した。生き延びた日本人も帰国までに多大な労苦を味わう。

一九四六年（昭和二十一年）二月
朝鮮北部の暫定統治機関として北朝鮮臨時人民委員会が成立。ソ連の後押しを受けた金日成が委員長に就任。金日成一派が他の派閥を抑え主流派となる。

一九四八年（昭和二十三年）八月
アメリカの指導の下、朝鮮南部が大韓民国（韓国）として独立。

同年、九月
朝鮮北部がソ連の指導で朝鮮民主主義人民共和国（北朝鮮）として独立。

一九五〇年（昭和二十五年）六月

朝鮮戦争（朝鮮動乱）勃発。朝鮮半島の赤化統一を目指す北朝鮮人民軍が38度線を突破、南進。米軍を中心とした国連軍や中国人民義勇軍を巻き込んで長期化する。日本は戦争特需により経済の復興を成し遂げる。

一九五三年（昭和二十八年）七月

朝鮮戦争休戦協定調印。この戦争の死者は四百万人以上とする説もある。

あとがき

この戯曲集に収められた二つの物語は、歴史的な事実を参考にしておりますが厳然たるフィクションです。歴史上の実在の人物も多数登場しますが、それは全て名前と設定を拝借した創造の産物です。私の書くのはあくまでも物語であり、地道な研究の産物である歴史学とは一線を画したものです。この一点のみ、読者の皆様にお含み置きいただければ幸いです。

さてこのあとがきを書いているのは二〇一九年八月三十一日です。今日という日は『治天ノ君』の主人公大正天皇の百四十回目のお誕生日なのですが、同時に私、古川健の四十一回目の誕生日でもあります。成人後の誕生日は自分を取り巻く全てに感謝をする日だと以前聞いたことがあります。それに倣い、あとがきに代えて様々な感謝を書いていこうかと思います。というかあまりに不慣れ過ぎて、こうでもしないと何を書いていいのか分からないのです。

先程、私は歴史的な事実を参考にしていると書きました。私が戯曲を書くにあたっては、様々な研究書や、体験記、手記を参考にしています。学者の先生方の地道で実証的な研究。体験者の経験を後世に語り継ごうとする高い志。これらがなければ私の編み出す物語も存在しません。今まで参考にしてきた全ての資料の作者に、心からの尊敬と感謝の意を表します。特に『治天ノ君』執筆にあたっては、原武史先生の『大正天皇』を大いに参考にしました。二〇一三年の初演時、下北沢の小さな劇場にまで足を運んでくださった原先生に、この場をお借りして改めて感謝いたします。原先生のご研究なくしては生まれなかった物語です。本当にありがとうございます。

戯曲というのは大概の場合一人で書くものです。ですがお芝居というものは違います。キャスト、スタッフ、そしてお客様。全てが揃って初めて芝居になるのです。劇作家の書く戯曲はあくまでも芝居の一要素に過ぎないと私は考えています。この戯曲集も文字だけが収められていますが、私一人では完成させることはできなかったでしょう。

収められた二本の戯曲は私が書き上げた時にはもっと長く、もっともっと野暮ったい物でした。しかし、それが自分の所属する劇団チョコレートケーキの公演を経て、よりシャープに、より洗練されました。上演に合わせて変わっていくというのは戯曲が持つ宿命です。私はその変化は良い事だと考えていますし、それを楽しむことこそ劇作家という仕事の醍醐味とさえ思っています。この本に収められた戯曲はその変化を経て、それを反映させたものです。だからこそ私一人の作品とは思えないのです。

　職人の技で舞台を作り上げるスタッフ達。台詞に命を吹き込んでくれる俳優達。苦楽を共にしてきた劇団の仲間。全員が私にとって共同作業者であり、全員に深く感謝しています。特に劇団の主宰であり、この二本の演出も担当した演出家日澤雄介なくしては、おそらく古川健という劇作家も存在しません。二十年以上の長い付き合いですが、戯曲を舞台に立ち上げる彼の胆力にはいつも驚かされます。これからも良き共同作業者でありたいと願ってやみません。

　そして古川健、劇団チョコレートケーキを応援してくださる皆々様にも最大限の感謝を。百人も入らない本当の小劇場から見てくださっている方々。追いかけるの大変と仰りながらほとんどの舞台に足を運んでくださるお客様。愛のある助言をくださる先輩方。そして、貴重な時間とお金を使って劇場に来てくださるお客様。この本の解説を快諾してくださった渡辺保さん。私のような者にチャンスをくれた早川書房さん。色んな方々に支えられ、どうにか劇作家として最初の戯曲集を出版することができます。本当に本当にありがとうございます。どうか今後とも劇団チョコレートケーキと古川健をよろしくお願いします。

最後に私事で恐縮ですが家族にも。この二本の物語は私が父になって数年以内に書いたものです。恥ずかしながら、あちこちにその影響が見て取れます。私を父にしてくれた妻と娘、それに我が人生の謂わば最大のスポンサーである両親にも感謝を。

四十一回目の誕生日に

解　説

渡辺保
（演劇評論家）

私がはじめて古川健の作品に出会ったのは、渋谷の、明治通りを並木橋の方へ行ったビルの上層部の一室であった。そこは劇場というよりもただの部屋で、観客は窓と壁際に置かれたパイプ椅子に座って見る。むろん装置らしきものはなにもない。机が一つあるだけであった。そういう空間で、私は古川健の『熱狂』を見たのである。『熱狂』は若き日のヒットラーがドイツ国民の関心を集めていくプロセスを描いた作品であった。休憩なしの二時間弱。

そこで驚くべきことが起こった。ヒットラーに扮したのは西尾友樹という若い役者で、風貌も扮装も全くヒットラーに似ていない。渋谷の街角のどこでも見かけるような普通の青年である。その青年が熱弁をふるう。熱弁をふるっているうちにだんだんヒットラーに似て来たのである。芝居が終わる頃にはまさにヒットラーその人がそこに立っているという感じがした。渋谷のビルの空間は一九三〇年代のベルリンの広場になった。

どうしてこんな奇蹟が起こるのか。

むろん演出の日澤雄介の力もある。どう見てもビルの一室にしか見えない部屋をヒットラーの演説する広い空間に見せたのは彼の力だろう。ヒットラーを演じた西尾友樹の力もある。私がこの時はじめて見た彼はまだういういしい無名の青年に過ぎなかったが、その後『治天ノ君』の大正天皇を演じて目覚ましい躍進を続け、最近では瀬戸山美咲の『埒もなく汚れなく』の改訂版で若くして死んだ劇作家大竹野正典を演じて見事な舞台を作った。だから彼の演技の力もあるだろう。しかし、日澤雄介や西尾友樹の力を認めるとしても、この『熱狂』で起こった奇蹟の秘密は、古川健の戯曲そのものにあったといわなければならない。

なぜなのか。

西尾友樹の熱弁をふるっている言葉が徐々にヒットラー自身の言葉に聞こえてくるのは、それがヒットラーの残した『我が闘争』はじめ多くの歴史的な史料によっているからであり、古川健はヒットラーがなぜドイツ国民の熱狂的な支持を受けるようになったかの歴史的な事実を克明に研究し、再現している。プログラムには古川健の使った参考資料、自分のつくった年表が列記されている。私はなんでこんなに参考文献が列記されているのかと思ったが、それは歴史的事実を再構築するための彼の足跡であり、アリバイでもあった。

こう書くと『熱狂』は一種のドキュメンタリードラマだと思われるかもしれないし、事実そう受け取った劇評もその後に読んだが、それは大きな間違いである。たしかに歴史的な事実は使われている。しかしその事実は単なるドキュメンタリーとして記録されているわけではなく作者が実に巧妙に再構成したものであり、そこには時に歴史的事実の記録からだけでは知ることが出来ない真実が掘り起こされている。その真実がヒットラーとその周囲の人々、とりわけてドイツ国民の感情を刺激し、その頂点にたとえば『我が闘争』におけるヒットラー自身の言葉がはめ込まれている。

この舞台を見れば、今日から見て明らかに問題のあるヒットラーの言葉がなぜ当時のドイツ国民を熱狂させたかが分かる。それは言葉なのだ。その言葉は単なるアジテーションではない。今日の日本の政治家たちの軽薄な言葉でもない。ヒットラー自身の精神とドイツ国民の心情の関係性に生きた言葉なのである。だからこそその言葉が人々を動かした。それを実際に舞台で再現したのが古川健の戯曲であった。

したがってその言葉の関係性は西尾友樹の俳優としての自分と役としてのヒットラー

の関係性に転移した。西尾友樹は歴史的事実のかげに隠されたヒットラーの言葉の関係性を、古川健が創造したドラマを辿って、ついにヒットラー自身が喋った言葉に到達した。その言葉を生きることによって彼はヒットラーそのものになった。そうなると今まで書物のなかで死んでいたヒットラーの言葉が西尾友樹の身体に蘇って来る。その言葉を自分の身体そのものが発する言葉として獲得した時に、西尾友樹はヒットラーになり、私たちには彼がヒットラーその人に見えたのである。単なるドキュメンタリードラマでは決して起こるはずのない奇蹟が起きたのはそのためであり、同時にそのことは言葉が世界を変えるという事実を証明したのである。

そしてここにこそ古川健という劇作家の特質がある。たしかに彼は歴史を書く。しかし単なる歴史劇作家ではない。歴史を書くとは、その歴史的事実のなかに隠された人間ドラマを再構築することであり、歴史の残した言葉を舞台に蘇らせることであった。その点で彼はドキュメンタリー作家でも歴史劇作家でもなかった。歴史のなかに埋もれた人々の言葉を蘇らせる言葉の魔術師だったのである。

古川健は、こういう方法によって多くの戯曲を書き成功をおさめた。

ここに収録された『治天ノ君』と『追憶のアリラン』はそのもっともすぐれた二篇である。

『治天ノ君』は大正天皇を描く。「治天」とはよく国を治めることをいい、そこに大正天皇に対する作者の視点が含まれている。

大正天皇は、明治天皇の側妾権典侍柳原愛子との間の第三皇子として明治十二年（一八七九）東京青山御所に生まれた。名は嘉仁、宮号は明宮。明治天皇には五人の皇子がいたが、成人したのは大正天皇ただ一人である。誕生直後脳疾患を患い病弱であったが、明治二十二年（一八八九）皇太子になり、十一年後の明治三十三年（一九〇〇）のちの貞明皇后と結婚。皇室の歴史上はじめて一夫一婦制を守って皇后との間にのちの昭和天皇、秩父宮、高松宮、三笠宮の四人の皇子を儲けた。明治四十五年（一九一二）、父明治天皇の崩御によって皇位を継承したが、大正十年（一九二一）病状の悪化によって昭和天皇を摂政とした。病状はさらに進んで五年後の大正十五年（一九二六）四十七歳で崩御した。その治世は、明治天皇の四十五年、昭和天皇の六十四年にくらべてわずか十五年と極端に短く、したがって私たち後世の人間にとっては印象が薄いが、たとえ短くとも大正デモクラシーといわれる文化が花開いた時代であった。

古川健は、この大正天皇の晩年の苦闘を描いた。『治天ノ君』によれば、大正天皇は二つの敵と闘わなければならなかった。一つは年齢とともに進行する病気との闘い。その進行によって歩行が不自由になったばかりでなく、意識にも障害が起こった。もう一つの敵は実に摂政になった息子の昭和天皇であった。昭和天皇は富国強兵によって日本を世界の列強とした祖父明治天皇を尊崇して、その結果とかく日本の軍備拡張を主張する軍部の意見に賛成した。しかし父大正天皇は軍部の勢力拡大に反対であり、それを抑えようとした。そこに親子の確執が生まれたのである。

大正天皇の時代に日本は第一次世界大戦やロシア革命という世界的な大事件に遭遇しながらも短くとも自由な時代を過ごしたのは、大正天皇が、父明治天皇や息子昭和天皇と違って平和への志向が強かったためであり、病魔と闘いながらも貞明皇后とともにその宮廷のなかで反動勢力と闘ったためであった。

大正天皇はヒットラーを演じた西尾友樹、貞明皇后は松本紀保。演出の日澤雄介は、下北沢の駅前劇場の、天井が低く、狭い空間の客席に斜めに花道を作って、この本来宮廷の奥深く展開したドラマを赤裸々に描いた。

そこで私ははじめて大正天皇の生きた実像を見たのである。むろんそれは天皇制への批評を含んで、明治、大正、昭和の日本の戦争への傾斜の実態を描くだけでなく、より一般的な一国の指導者はどうあるべきかを問うものであった。古川健の視点によって、そこに大正天皇の指導者でありながら、さらに病苦を耐えながら、それでも理想を守り続けようとする一人の人間の生きざまを明らかにしたのである。そのことは同時に昭和天皇の父への思いと、祖父への尊崇によって、日本がなぜあの三百二十万人の国民を犠牲にした戦争に突入したのかという批判を明快にした。

『追憶のアリラン』は、その戦争末期の朝鮮における一人の日本人検事の姿を描く。

今日からは想像もできないだろうが、昭和二十年八月十五日、朝鮮半島に残された日本人は、敗戦前夜のソ連軍の突然の侵攻と抗日朝鮮の反撃によってほとんど脱出が絶望だと思われ死の恐怖に曝されていた。真っ先に逃げ出したのは、それまで朝鮮人に対して強権をふるっていた憲兵隊長であった。その混乱の中で朝鮮総督府平壌検事局の三席検事豊川千造は、自分の職責を全うするために最後まで逃げなかった。彼は検事でありながら朝鮮人に対しても権力をふるうことがなかった。その態度に敬服していた朝鮮人事務官朴忠男はこの混乱のなか豊川検事を助けた。検事は朝鮮の人民裁判を受けるが、朴の証言によって無事日本に帰国することが出来たのである。

これは単なる敗戦美談ではない。なぜ朴は豊川を救ったのか。豊川のなかに絶えず正義とはなにかという問いを見たからである。むろん正義はその時の状況、その時代によって一つではない。時に相対的な側面を持つ。しかし朴が豊川のなかに見たのは、人間としての絶対的な正義である。そこに描かれているのは、一人の日本人と朝鮮人の、国家を超え、政治体制を超え、社会を超えた人間的な価値観である。いつの世、いつの時においても人間が持つべきヒューマニズムの根底のドラマなのである。

そのことは戦後の日本での、憲兵隊長と検事が酒を酌み交わす場面に明らかである。混乱のなかで、それぞれの人間の取った行動の結果は、人間の関係を決定的にする。それは個人の人格により、生き方によるのである。したがってそれはこの舞台を見ている私たち自身の生き方を問うものでもあった。

『追憶のアリラン』は、ヒットラーや大正天皇のような歴史上の有名人の行動を扱うわけではない。ほとんど無名の、市井の人間を扱う。その分作家の創造が大きいだろう。しかしその根底に流れるヒューマニズムは変わりがない。ヒットラーの国民を動かす熱狂、大正天皇の親子の闘い、あるいはヒットラーのような否定的存在の中にも流れている、人間が何を求め、いかに生きるべきかの問いは、豊川検事と朴事務官のなかにも流れている。

歴史の断面を描き続ける古川健のなかに流れるものこそこの人間性であり、それによって、彼の戯曲は歴史劇でもドキュメンタリードラマでも記録演劇でも、まして社会派などと呼ばれるべきものではなく、人間のドラマになったのである。

初演記録

「治天ノ君」
二〇一三年　劇団チョコレートケーキ（下北沢　駅前劇場）
演出＝日澤雄介

「追憶のアリラン」
二〇一五年　劇団チョコレートケーキ（東京芸術劇場　シアターイースト）
演出＝日澤雄介

本書収録作品の無断上演を禁じます。上演をご希望の方は、
下記までお問い合わせください。

劇団チョコレートケーキ
info@geki-choco.com
〇八〇-九〇八〇-一八六一

本書は、劇団チョコレートケーキ「治天ノ君」上演台本と《テアトロ》二〇一五年八月号（カモミール社）掲載の「追憶のアリラン」を文庫化したものです。

ハヤカワ演劇文庫

アーサー・ミラーⅠ
「セールスマンの死」
倉橋 健訳／解説：岡崎凉子

家族・仕事・老い……現代人が直面する問題に鋭く迫る、ピュリッツァー賞受賞の名作。

ニール・サイモンⅠ
「おかしな二人」
酒井洋子訳

〝コメディの名手〟が愛すべき男たちの奇妙な共同生活を描く、可笑しくて切ない傑作。

エドワード・オールビーⅠ
「動物園物語」「ヴァージニア・ウルフなんかこわくない」
鳴海四郎訳／解説：一ノ瀬和夫

不条理な世界に巻き込まれた常識人を描くデビュー作「動物園物語」他、現代演劇の名作

清水邦夫Ⅰ
「ぼくらは生れ変わった木の葉のように」「楽屋」ほか
解説：古川日出男

女優の業を描き、今なお繰り返し上演される「楽屋」他、鮮烈な言葉で紡ぐ初期傑作3篇。

テネシー・ウィリアムズ
「しらみとり夫人」「財産没収」ほか
鳴海四郎・倉橋 健訳／解説：一ノ瀬和夫

人生の影を背負いながら光に向かい、現実と理想の狭間で悩む人々の孤独を描く名作集。

ハヤカワ演劇文庫

坂手洋二 I
「屋根裏」「みみず」
解説：ロジャー・パルバース

引きこもり、戦争等を題材に世界最小の舞台空間が変幻するブラック・コメディ他1篇。

ソーントン・ワイルダー I
「わが町」
鳴海四郎訳／解説：別役 実

小さな町の人々の平凡な日常を描きながら、人間存在の不安と希望を問う著者の代表作。

別役 実 I
「壊れた風景」「象」
解説：大場建治

主不在のピクニックに上がり込む図々しい集団心理を描く、ブラック・コメディ他1篇。

トム・ストッパード I
「コースト・オブ・ユートピア」
広田敦郎訳／解説：長縄光男

時代を拓いた革命家たちの生涯を等身大に描き切る、英国演劇の巨匠渾身の歴史叙事詩！

マイケル・フレイン I
「コペンハーゲン」
小田島恒志訳

原爆開発競争の渦中で、二人の天才は何を語ったのか？ トニー賞を受賞した傑作思想劇

古川《ふるかわ》 健《たけし》
I
治天ノ君《ちてんのきみ》
追憶《ついおく》のアリラン
〈演劇48〉

二〇一九年十月十日 印刷
二〇一九年十月十五日 発行

（定価はカバーに表示してあります）

著者 古《ふる》川《かわ》 健《たけし》
発行者 早川 浩
印刷者 草刈明代
発行所 株式会社 早川書房
郵便番号 一〇一‐〇〇四六
東京都千代田区神田多町二ノ二
電話 〇三‐三二五二‐三一一一
振替 〇〇一六〇‐三‐四七七九九
https://www.hayakawa-online.co.jp

乱丁・落丁本は小社制作部宛お送り下さい。
送料小社負担にてお取りかえいたします。

印刷・中央精版印刷株式会社 製本・株式会社明光社

ISBN978-4-15-140048-3 C0193

本書は活字が大きく読みやすい〈トールサイズ〉です。